おばあちゃんとぼく

― 心に花は咲いていますか ―

大友 竜也

ラグーナ出版

はじめに

みなさんは、「絶望する」という経験をしたことがありますか？

ぼくは、二回、あります。


絶望までは行かないときも含め、起伏の激しい人生を歩んできたと思います。

その分、投げやりな気持ちになったことも一度や二度じゃない。

でも、それでもぼくには、くじけそうになる心に明るい花を咲かせてくれる存在がいました。

だから、ぼくは今日も笑顔で生きています。


そして今度は、ぼくがたくさんの人に「思いやり」を届けていきたい。

この本を読んで、あたたかい気持ちになってもらえたら、ぼくもうれしいです。

大友 竜也

目次

第5章　心に、花を

第1章

こんな大人にはならない

一　追い出される

「お母さん、ごめんなさい！　ごめんなさい……」

トタン屋根で水洗トイレもない、ボロボロの平屋の中で、今日も、夜になるとお母さんに怒られた。

六歳ぐらいの頃。ある冬の日のことだ。

その日は、お母さんと弟二人と、近くのスーパーへ買い物に行った。

お母さんは弟二人の面倒を見ながら買い物をしていたのに、ぼくはそれを無視しておもちゃを見に行ってしまったりして、お母さんのお手伝いをいっさいしなかったんだ。

お会計を終えると、お母さんはこわい顔でぼくにこう言った。

「あんた、家帰ったら覚えてなさいよ」

ああ、またか……

逃げたいけど、逃げられない。

自宅へ着くと正座させられて、木でできた布団たたきで引っぱたかれて、外に追い出された。

「お母さん！　寒いから開けて！」

大雨に打たれてビショビショになりながら、ボロボロのドアをドンドンと必死で叩くけど、鍵を閉めたきり中に入れてくれない。返事もない。


どうしよう、どうしよう……

そうだ！

ここから、まーっすぐ坂道を下ったら、大好きなひいおばあちゃんの家がある。

ひいおばあちゃんのところへ行こう。

そう思いつくと、少しだけ元気が出た。

大雨のなか、坂道を裸足で駆けて、ひいおばあちゃんの家に向かう。


街灯もなくて真っ暗な坂道……

でも、こわくない。

裸足だから、石にぶつかって血が出ているけど、ぜんぜん平気。

だって、ひいおばあちゃんに会えるんだもん。

優しいひいおばあちゃんに早く会いたくて、必死で走る。

体はびしょびしょで寒いけど、ぜんぜん、平気。

あれ、ひいおばあちゃんの家ってこんなに遠かったっけ？

ハアハア……息が切れる。

昼間は歩き慣れていた坂道

それでも走り続けて、着いた！

「おばあちゃーん！　ぼくだよ～！

家から出されちゃって寒いから、入れて～！」

ひいおばあちゃんは、お母さんのおばあちゃん。

あとから知ったけど、ひいおばあちゃんと、お母さんのお母さんは、親子だけど血のつながりはないらしい。

ひいおばあちゃんは子どもができなくて、養子をもらったからだ。

それなのに、ぼくがうれしいときも、悲しいときも、いつもあたたかく抱きしめてくれる。

「まあ、タッちゃん。どうしたの？」

雨や泥、血をぬぐいながらかけてくれる、優しい言葉。

「ごめんね。タッちゃんのお母さんも、一生懸命なんだ。

だけど、タッちゃんに痛くてつらい思いをさせちゃって、本当にごめんね……」


ひいおばあちゃんの胸で思いきり泣くと、痛みやつらい気持ちが少しだけ収まってきた。

でも、まだしばらくこうしていたいな……

ひいおばあちゃんの腕のなかで、もう少しだけ安心していたいんだ。


ひいおばあちゃんは、ぼくの心の支え。

大きな大きな愛で、ぼくを見守ってくれる。

ひいおばあちゃんと、ぼく

家ではいろいろあるけど……本当にいろいろあるけど、ひいおばあちゃんがいてくれるから、ぼくはだいじょうぶ。


そのひいおばあちゃんが、黒電話のダイヤルをまわしてお母さんに電話をかける。そして、お母さんに強く怒ってくれた。

「子どもにこんなことするんじゃない！

タッちゃん、足から血を出しながら、走ってこっちまで来たんだよ！

今日はこっちに泊まらせるからね！」


ひいおばあちゃんの家に泊まることにさせてもらった。

笑顔で頭をなでてくれて、ひいおばあちゃんのところにきてよかったとひと安心。

優しいなあ。

あったかいなあ。

みんな、こんなふうにぼくに優しくしてくれればいいのになあ。

でも、明日、目をさましたら、また冷たい一日の始まりなのかなあ。

そう思いながら、眠りにつく。

そんな幼少期だった。

幼稚園に通っていた頃

二　両親のケンカ

ぼくが八歳のとき。

クリスマスの直前に、びっくりすることが起こった。

その日は日曜日。お父さんの仕事の休みの日だった。

日曜日は、いつも家族みんなで父方のおじいちゃんとおばあちゃんの家に行く。

おじいちゃんとおばあちゃんは、遊びに行くといつも「デパート」ってところで好きなおもちゃを買ってくれる。

おじいちゃんたちは、ぼくらの家からちょっと離れたところに住んでいるから、ぼくら家族は車に乗っていく。おもちゃを買ってくれるだけじゃなくて、おいしいごはんも食べさせてくれるから、遊びに行くのが楽しみなんだ。

その日、おじいちゃんちに向かう準備をしていたら、突然台所から怒鳴り声が聞こえて……

そっとのぞいてみると、お父さんとお母さんがケンカをしていた。

詳しいことは、子どものぼくたちにはもちろんわからない。おびえる弟たちを心配させないようにと思うけど、ぼくもオロオロしてしまう。

すると、お父さんが振り向いて言った。

「ごめんな、お母さん一緒に来ないって言ってるから、先に車に乗ってなさい」

結局、お父さんとぼくと弟二人の四人で向かうことになった。

なんでお母さんが一緒に来ないのかわからない。

車のなかで、お父さんはずっと無言だった。

なんでだろう……ぼくはいろんなことを考えた。

それでもいつものように、父方のおじいちゃん、おばあちゃんとみんなでデパートに行った。

クリスマスの赤とか緑とか、キラキラしたイルミネーションがたくさんのお店の中を、ぼくたち家族で歩いてまわる。

ウキウキする反面、そこにお母さんがいないのが少しだけ気にはなるけど……

でも、おもちゃを買ってもらって、おいしいごちそうを食べて、やっぱり幸せな時間でもあった。

そんな幸せな時間を過ごさせてもらったのだけど、やがてお父さんが言った。

「そろそろ帰るぞ」

楽しい時間だっただけに、おじいちゃんとおばあちゃんから離れるのが少し寂しい……

そんな思いの中、お父さんの車に乗って帰宅する。

帰り道、お母さんはひとりで何してるのかなあ?と考える。

家に着く頃には、すっかり夜になっていた。

けれど、お母さんの車がない。

玄関のボロボロのドアを開ける。

玄関にお母さんの靴は一つもない。

台所に駆けていく。

そこには誰もいない。

ごはんを食べるテーブルの上に、お手紙が置いてある。

お母さんの字かな？

まだ漢字があまり読めないので、ぼくはそのままお父さんに渡した。

「お父さん、これが置いてあったよ」

それに目を通したお父さんは、涙を流して、何も言わないまま、家を出ていってしまった。

夜になっても帰ってこない。お父さんも、もちろんお母さんも。

その日はぼくが風呂を沸かして、布団を敷いたり弟たちを寝かせたりと面倒をみた。

「なんでお父さんもお母さんもいないの？」

上の弟のケンジが言う。

それはぼくにもわからないから、

「仕事で出かけちゃったってお父さん言ってたから、今日は寝よう」

弟二人とぼく

とりあえず、そう答えるしかなかった。

次の日も、その次の日も、二人とも帰って来ない。連絡もない。

ケンジと、下の弟マサトに食べさせていたカップ麺もなくなった。

食べ物を買うお金はないけど、ひいおばあちゃんにも心配かけたくない。

勇気を出して、隣の家のお母さんに助けを求めた。

お隣のスズキさんは、小さい頃から優しくしてくれる、いつも笑顔あふれるお母さんだ。スズキさんちには、ぼくよりいくつも年上のお姉さん、ナッちゃんと、その弟でぼくより少し年上のトミくんもいて、ぼくら兄弟をなにかと気にかけてくれていた。

「すみません。お父さんもお母さんもいなくなっちゃって。

何か、食べさせてもらえませんか？」

スズキさんは、びっくりしながらも、すぐにぼくたち兄弟を家に上げてくれた。

「だから、車がずっとなかったのね。気づいてあげられなくてごめんね」

そう言って抱きしめてくれた。

とてもきれいな家、きれいなテーブル。

ケンジ、マサトと三人で、きれいないすにちょこんと座る。

とってもいい匂いがする……

「すき焼き、食べる？」

そうスズキさんは言ってくれた。

スキヤキ？

そういう名前の食べ物を見たことがなかったぼくは、びっくりした。

いい匂いで、大きなお鍋にいろいろな具材が入っていて、手元のお碗にはなぜか卵が入っているんだ。

こりゃなんだろ……？

食べ方をわかっていなかったので、卵を割って鍋に入れてしまった。

すると、スズキさんが笑って教えてくれた。

「違うんだよ。その卵は鍋に入れるんじゃないの。こうやってね……」

ナッちゃんと、トミくんも、ぼくらが食べ始めるのをニコニコしながら見守ってくれている。


今思えば、お母さんは仕事もしていたし、ぼくら三人兄弟の面倒をみるのに精一杯で、あまり料理をする余裕がなかったんだと思う。

たいていはカップ麺とかスーパーのお惣菜とかだったから、ぼくは「お母さんの作った料理」というものをほとんど知らなかった。


そうして初めて食べる「すき焼き」は、この世のものとは思えないおいしさだった。

こんな食べ物がこの世にあるなんて……

思わず涙が流れる。

こらえきれずに大泣きしてしまった。

そんなぼくを見てスズキさんは、

「不安だったんだね。つらかったね。これからも、何かあったら言ってね」

そう言ってくれたけど……

つらいから泣いたんじゃないんだ。

「すき焼き」がおいしすぎたのと、スズキさんという人のあたたかさ、優しさが伝わってきたから、泣いてしまったんだ。

でも、泣きながらも食べるのに夢中だったから、スズキさんには伝わらなかったかもしれない。


次の日の朝、坂の下に住んでいるひいおばあちゃんのところに行った。

ひいおばあちゃんはすぐに、ぼくの父方のおじいちゃんとおばあちゃんに連絡をした。

数時間後、おじいちゃんがおばあちゃんを助手席に乗せて、車でやってきた。

そして、ぼくが目にしたのは……

大好きなおじいちゃんが、車で到着するなり、大好きなひいおばあちゃんに怒鳴り散らす姿だった。

「おまえんとこの子は、いったいどうなってんだ！」

「うちの子が、本当に、ごめんなさい、ごめんなさい」

ぼくたちの前で、土下座して謝る大好きなひいおばあちゃん。

そんなひいおばあちゃんを罵声で謝らせる、大好きだったはずのおじいちゃん。

二人のそばには、ひいおばあちゃんがふだん使っている、手押しのシルバーカーが倒れていた。


ひいおばあちゃん、おじいちゃん……どちらもぼくの大好きな人なのに。

いったい、何が起こっているの？

お父さんとお母さんには、何があったの？

お父さんとお母さん、二人がケンカしたからって、なんでおじいちゃんとひいおばあちゃんがこんなことになってしまうの？


何があったかわからないまま、ぼくたち兄弟三人は父方のおじいちゃんおばあちゃんの家に引き取られることになった。

「もうひいおばあちゃんには会えないんだからな」、と言われて。

それは、子どもが無邪気に「なんで？」と聞き返せないような、厳しい言い方だった。

わけのわからないまま、ぼくと弟二人はおじいちゃんの運転する車に無理やりのように乗せられて、その新しい生活を受け入れざるを得なかった。

到着するまでの三十分ほどの間、車の中でいろいろ考えた。

お父さんも、お母さんも、ひいおばあちゃんもいない生活って、どんなだろ……

かなしい……

さみしい……

つらい……

想像はできなくて、そんな言葉ばかり、頭に浮かんでは消えた。

三　新しい学校

新しい学校で、三学期が始まった。

一日目、小さいときからよく遊んでいたいとこが迎えに来てくれて、一緒に小学校へ行った。いとこの家は、おじいちゃんちの隣町なんだけど、わざわざ寄ってくれたんだ。

どんな学校かな……

どんな人がいるのかな……

初めての転校で、不安しかない。

クラスのみんなの前に立つと、担任の先生が紹介してくれた。

「隣の市から転入してきた、タツヤくんです。みんなよろしくね」

「よろしくお願いしま～す！」

不安でガチガチに緊張しつつ、ぼくも小さい声で言った。

「よ、よ、よろしくおねがいします……」

それからしばらくすると、学校で、イベントがあるという。

みんなのお父さんとお母さんが学校に来るという、「授業参観」。

うちは今まで、お父さんもお母さんも来たことがないから、よくわからない。

家族が学校に見に来るって、どんな感じなのかなあ……


授業参観の当日。

スーツ姿のおじいちゃん、茶色のきれいなドレスを着たおばあちゃんが、ぼくのクラスに来てくれた。

他の人のお父さん、お母さんもどんどん集まってくる。みんな若い。おじいちゃんとおばあちゃんが、ぼくから見ても、とても目立つ。

いよいよ授業が始まった。

先生が黒板に算数の問題を書く。

「この問題、わかる人いたら手を挙げてくださいね」

緊張しているのか、誰も手を挙げない。

しばらく沈黙が続いたあと、先生が、「じゃあ、答えがわかる人を、先生が指してもいいかな?」と言った、その瞬間。

おじいちゃんが、教室の外にまで聞こえそうな罵声をあげた。

「タツヤ！　おめえ、わかんのにどうして黙ってんだ！　わかんなら、おめえ口がついてんだかんな！　しっかり口でしゃべれ！」

育ててくれた祖父母

千葉にいるのに……福島弁で怒号……

教室に小さく笑い声が広がった。

「は、八です……」

ぼくが答えると、

「正解です。よくわかりましたねえ」

そう言いながら、先生、失笑。

そのまま授業参観は終わり、学校からの帰り道、みんなにクスクス笑われた。

家へ帰ってからも、その話になった。

もうお酒を飲んで酔っ払っているおじいちゃん

は、声もリアクションも大きい。

「あのよ、タツヤよぉ。授業参観行ってよ、おめえ、頭いいじゃねえか。あそこはな、もっと大きな声で『八です！』と言ってやんのが男なんだ！　それを反省にして、次はがんばれよ！」

そう言われて、疲れた一日が終わった。


その翌日から、いじめが始まった。

「あいつんち、授業参観に、じいちゃんばあちゃんが来るんだぜ」

「しかもさ、お父さんお母さんに捨てられて、じいちゃんばあちゃんと住んでるらしいぜ。バカだよな」

「それにあいつ、汚えんだよ。いっつもおんなじ服着ててさ」

ひそひそ声が、教室にいるとちょくちょく聞こえてくる。

そんな毎日が続いた。


でも、新しい学校で何を言われても、何をされても、おじいちゃんおばあちゃんには打ち明けられなかった。

この頃、ぼくたち兄弟はおじいちゃんの方針で、いつもTシャツに短パン、ハイソックスという格好だった。

今思えば当時にしては少し古くさく、周りからは浮いて見えていたのかもしれない。

でもそれは、おばあちゃんがせっかく、ぼくたちに似合うようにと近くのお店で買ってくれた服だったんだ。

おじいちゃんだって、町のリサイクルセンターで、新しく働き始めていた。

二人にとっては、子どもじゃなくて孫なのに、それなのにぼくらを引き取って育ててくれているんだ。

だから、ぼくは我慢するんだ。


けど、本当は、かなしくて、悔しくて、つらくて。


「どうだ？　新しい学校は楽しいか？」

「楽しいよ！　友達もいっぱいできたよ！」

――八歳の男の子が、居間で、おじいちゃんとおばあちゃんに嘘をつく。

そのまま居間で、布団を自分たちで敷いて、弟二人とぼく、三人そろって寝る。

けれど、一日のモヤモヤが頭にたくさん浮かんでくる。つらいことばかり思い出してしまって、こっそり、枕を涙で濡らす。

安心して眠っていられる弟たちが、ちょっとだけうらやましかった。


なんで、ぼくだけ、こうなのかな……

もし、おじいちゃんおばあちゃんに打ち明けたとしても、「おまえはお兄ちゃんだろ」「長男だから、我慢しろ」って言われるんだろうな……

こんなにつらい日が続いて、生きていかなきゃいけないなら、そもそもなんでぼくは生まれてきたんだろうな……

お母さん……出ていくなら、ぼくらを捨てちゃうくらいなら、はじめから産まなきゃよかったのに……


学年が上がっても、学校でのつらさはたいして変わらなかった。

でも、家では、変わったこともあった。

ぼくが小学五年のとき、お父さんが、新しいお母さんを連れてきたんだ。

お父さんは、ふだんは離れて暮らしていたけど、毎週日曜にはぼくらに会いに必ずおじいちゃんの家に寄ってくれていた。

じゃあふだんはどこにいたかというと、その新しいお母さんのところにいたらしい。

あとで聞いた話では、お母さんがいなくなった後、お父さんは落ち込んでしまい、ひとりでお酒を飲みに行ったそうだ。

そこに同じく、落ち込んでひとりで飲んでいた女の人がいた。

初対面の二人はなぜかひどいケンカになり、でもそのあと逆に意気投合して、つきあうことになったらしかった。

そうとは知らないぼくらに、おじいちゃんはときどき、「おめえら父ちゃんの悪口とか文句とか、ぜったい言うんじゃねえぞ」と言い聞かせた。

「あいつも、今、幸せになろうと一生懸命やってんだかんな」と。

お父さんと並んでやってきた、新しいお母さんのお仕事は、看護師さんだという。

「よろしくお願いします、お母さん」

そうあいさつすると、その人は言った。

「まだ『お母さん』って呼ばないで。そう呼ばれるようなことは、君たちにしてあげられてないから」

だからその人のことは、「サトウさん」と名字で呼ぶようにした。

でも、ぼくの心の中には、本当のお母さんみたいに慕う気持ちが生まれていた。優しいし、ぼくたち兄弟のことを真剣に考えてくれる。

間違っている、おかしいと思えば、はっきりと口に出して言うタイプの人でもあった。ぼくたちのためを思うあまり、お酒を飲んで酔っ払っているおじいちゃんと、本気でケンカする場面もあったほどだ。

ただ、その結果、弟たちがおびえてしまったり、おじいちゃんとサトウさんの仲が悪くなったりすると、ぼくは心苦しい。

おじいちゃんは、昔かたぎの懐の大きな男なんだけど、酒癖が悪くて、突然カッとなるところがある。ときにはサトウさんに強くものを言ったり、ぼくたち孫を殴ったりすることもあったから、ぼくは心配だった。

しかも、相変わらず学校でのいじめも続いていた。担任の先生は気づかない、気づこうともしないような人で、とても相談はできなかった。

相談できるとしたら、ひいおばあちゃんだけ。

でも、会えない。

新しいお母さんができて、つかの間、うれしいような気持ちにはなったけど、やっぱり悩みは尽きなかった。

小学生の頃

四　ひいおばあちゃんに会いたい

いろいろなことが積もり積もった、小学六年のある日。

ぼくは、思い立って、行動を起こした。


「ひいおばあちゃんに会いに行こう！」


一緒に住んでいる父方のおじいちゃんも、おばあちゃんも、離れて暮らしているお父さんやサトウさんも、みんな優しい。

一人ひとりが、ぼくにとって大切な、かけがえのない人。

だけど、彼らにどんなにあたたかいものをもらっても、ひいおばあちゃんと引き裂かれた事実が埋め合わせられるわけじゃない。

ひいおばあちゃんに代わる存在なんて、いない。

血がつながっていないことなんて関係ない。会いたい。ほんのひと目でもいい。

ほんのひと目でもいいから……

小学校は、三時に終わる。

自宅に帰り、色あせてボロボロでクタクタになった黒のランドセルを下ろし、元気よく言う。

「友達のところへ遊びに行ってきまーす！」

そして、十二歳の誕生日に買ってもらったマウンテンバイクに飛び乗る。


前に、お父さんが車で運転していた道を覚えている。

確か、隣町まで向かう、大きな「こくどう」って道に出るんだ。

そこから山道を走って、霊園の脇を通って……

もう会えないと言われたひいおばあちゃんに会うために、ぼくは必死で脚を動かした。

ずっと立ち漕ぎで走ったからクタクタだけど、ひいおばあちゃんに会いたい気持ちがいっぱいで、疲れなんかなんでもなかった。


ひいおばあちゃんの住むボロボロ長屋が見えた！

ひいおばあちゃんの部屋の前に、自転車を停める。

すると、外に置いてある洗濯機の横にいる痩せ細ったおばあちゃんが、こっちを見て言った。

「……タッちゃん？　タッちゃんなの？」

なつかしい、ひいおばあちゃん

どのくらいぶりの再会だったんだろう。

ひいおばあちゃんは、ボロボロの家の前で、ぼくを抱きしめて泣き崩れた。

「会いたかった！　会いたかった、会いたかったんだよお！

会えなくなってからずっと、寝ているとき、タッちゃんの笑顔を思い出すと、涙が出てしかたなくて……

タッちゃん元気してるかなあ？　新しい学校でお友達できたかなあ？　そんなことを、毎日毎日考えてたんだよ」

ぼくを抱きしめてくれたひいおばあちゃんは、あの頃より冷たくて小さくて顔がしわしわになっていて、髪も真っ白になっていた。

長く会えていなかったのは確かなんだけど、それ以上に、ひいおばあちゃんは老け込んで見えた。

でも、年をとったように見えても、会ってすぐに、ぼくのことを前と同じように呼んでくれたひいおばあちゃん。

自転車を漕いだ疲れも吹き飛んで、ぼくは新しい環境のこと、自分のこと、たくさん話した。

ひいおばあちゃんは、うんうんとうなずいて聞いてくれた。

そしてお小遣いを五千円くれて、好きなものを買いなさい、と言ってくれた。

門限が六時だから帰らなきゃ、と伝えると、ひいおばあちゃんはヨタヨタ歩きで玄関まで来てくれた。

バイバイするとき、両手で握手して、

「また会いに来るね、おばあちゃん」

そう言ってマウンテンバイクに飛び乗った。そして、同じ道を家まで戻る。

それから月一回、山を越えて、ひいおばあちゃんに会いに行くようになった。

つかの間のその時間が、そのあとのぼくの一か月を支えてくれる。

学校や家で何があっても、次にひいおばあちゃんと過ごす時間を思えば、耐えられる。

ただ、何回目のときだろう。

ひいおばあちゃんの家から帰り着くと、自転車を停めるなり、鬼の形相のおじいちゃんに、玄関の外で大きな音を立ててビンタされた。

「タツヤ！　おめえ、内緒にしてることがあんだろう。どこへ行ってたか、自分の口で言ってみろ！」

今までなら、謝るか、何も言えないか、どっちかだったかもしれない。

でもこのときは、ぼくも黙っていなかった。

理不尽に思う気持ちがあまりにも積もりすぎていて、我慢できずにおじいちゃんに言い返した。

「なんでなんだよ！

お父さんとお母さんに、何があったか知らないけどさ！

どうせ、ぼくがひいおばあちゃんに会いに行ってたからって、怒ってんだろ！

ぼくたちにはなんにも関係ないじゃないか！

大人って勝手だな！　なんにも説明しないくせに！

ぜーんぶ大人の事情で、ぼくらは振り回されてんじゃないか！」


おじいちゃんはお酒を飲んでいるのか、顔が赤くて、頭に血がのぼっているようだった。

もう一度、音を立ててビンタされた。

ひいおばあちゃんに会いに行っていることは、ぼくだけの秘密だった。弟たちにもひと言も言っていなかった。ぼくの行動を知って二人は驚き、同時に、おじいちゃんの剣幕におびえて固まっていた。

それを見ていたおばあちゃんが、ぼくに駆け寄ってきた。そして、小さい体でぼくをかばいながら、おじいちゃんに背を向けたまま、言った。

「もう、大切なかわいい孫を殴らないで！」

すると、おじいちゃんはこう言った。

「説明してやっから、いったん顔洗って居間まで来い」

玄関から洗面所へ行き、鏡で自分の顔を見ると、鼻血が出ていた。

顔をきれいに洗って、居間へ。

おじいちゃんの口から、父と母の離婚のいきさつと、裁判の結果を教えてもらった。

お母さんが、ほかの男の人のところに行ってしまったこと。

そして、裁判所というところで、お母さんだけではなく、ひいおばあちゃんもぼくたちに会ってはいけないと決まったので、そうしなきゃいけない、ということも。

フウフとか、リコンとか、サイバンとか、そんなことはよくわからない。

でも、お父さんとお母さん、二人の事情で、ぜんぜん関係ないはずのぼくとひいおばあちゃんが会えなくなってしまった。

ぼくたちは何も悪くないのに。

よくわからないままに、大人の世界で「そう決まったから」なんて。

納得なんかできっこないのに、受け入れて、従わなくちゃいけない。

ぼくは将来、お母さんやお父さんみたいに人に迷惑をかける大人にはならないぞ。

誰かにこんな悲しい思いをさせる人間に、ぜったい、ぜったい、なるもんか。

漠然とした思いが、決意に変わったのは、その頃だったと思う。

第2章

出会いと、別れ

一　「ひぐちさん、いますよ」

中学生になったぼく。

中学校に入ると、違う小学校の人たちとも一緒になる。

ぜんぜん知らない人たちと、うまくやれるかな……

またいじめられたりしないかな、と不安だった。


入学式が終わり、教室に戻る。

担任の先生やクラスメートの自己紹介、中学校生活についてのいろいろな説明が終わり、帰ろうとすると、近くの席に座る男子が下駄箱の前で声をかけてきた。

「これから仲良くよろしくな！」

突然話しかけてくれたその男子は、隣の小学校出身のエノモトくんといった。

それがきっかけで、エノモトくんとは仲良くなって、家に遊びに行ったりするようになった。

エノモトくんは小さい頃から野球をやっていて、中学でも野球部に入るそうで、

「一緒に野球部入ろうぜ！」と誘ってくれた。

ちょうどぼくも、野球には興味が出てきたところだった。一緒に住んでいるおばあちゃんが、長嶋茂雄監督と同じ歳だからという理由で読売ジャイアンツが好きで、テレビをつければ野球ばかり見ていた影響だ。

陸上の選手だった生みのお母さんに似たのか、運動には少し自信があった。それに、小学校の頃は遠慮もあり、習い事がしたいなんてとても言い出せなかったけど、野球ならおじいちゃんもおばあちゃんも大好きなんだ。

二人とも、快く応援してくれた。

そんなわけでぼくは、中学では野球部に入ることになった。


ぼくを誘ってくれたエノモトくんは、野球部以外にも友達が多かった。その友達をぼくに紹介してくれるので、ぼくにも友達が増えていった。

中学に入る前、不安や恐怖があったことが嘘のようだ。

学校が終わって、おばあちゃんに
「学校は楽しいかい？」

そう聞かれても、小学校のときのように嘘をついて

「た、楽しいよ……」

無理してそう言わなくていいんだ。

ぼくは心から、学校が本当に楽しい、と思えるようになった。

そんな楽しい毎日を過ごすなか、やっぱり気になるのはひいおばあちゃんのことだった。

中学二年になってしばらくたった頃、ひいおばあちゃんが認知症になって、老人ホームという施設に入っていることを知った。

教えてくれたのは、生みのお母さんの弟のテルおじさんだ。

ひいおばあちゃんは、慣れない施設から無断でテルおじさんに電話をかけて、

「帰りたい、出たい。帰りたい、出たい」

そう話しながら泣き始めてしまうから、施設の人にその電話を切られてしまう、なんてことも

若い頃のテルおじさん

あったそうだ。

それを聞いたぼくは、ひいおばあちゃんに会いたい気持ちがおさえられなくなった。

本当は、ひいおばあちゃんが施設に入ったこと自体、テルおじさんはお母さんから口止めされていた。だからこのときも、施設名は教えてくれなかった。

でも、前の家にはもういないという事実だけは知らせてやらなきゃ、とおじさんは思って、こっそり知らせてくれたんだ。


ひいおばあちゃんに会いたいけど、どこの施設にいるかはわからない。

それで、自宅にあった「タウンページ」という電話帳を開いた。

「老人保健施設」というような項目の下に載っている番号に、ぼくは一つひとつ、電話をかけることにした。

一つ、二つ、三つ。もちろん、すぐには見つからないだろう。

四つ目の施設にも、同じように、電話をした。

「すみませんが、ひぐちという女の人は、そちらにいませんか?」

するとあっさり、答えが返ってきた。

「ひぐちさん、いますよ」

ひいおばあちゃんを見つけた！

必ず見つかるという自信はなかったから、とてもびっくりした。

でもなにより、心からうれしかった。

「ぼく、タツヤといいます。ひ孫なんですけど、今から、会いにいってもいいですか？」

尋ねると、電話口の人は言った。

「ああ、ひぐちていさんから、お名前聞いていますよ。タッちゃん、でしょう？ぜひ気をつけて来てくださいね」


その施設は隣町で、山二つ越えた岬のそばだった。

前にひいおばあちゃんちまで通ったのとは別の道を、二十キロ以上行ったところ。

遠いけど、今は野球部に入ってスタミナもついたし、マウンテンバイクもある。

ひいおばあちゃんの顔が見たい。

ぼくと会って喜ぶ顔が見たい。

ずっと立ち漕ぎで、がむしゃらに自転車のペダルを踏んだ。

山を下っていくと、田んぼの中に、ポツンと大きな白い建物。

あれだ!!

自転車を停めて、中に入る。

受付で、背の高い、髪を後ろで一つに結びメガネをかけた女性に、声をかけた。

「さっき電話をした、タツヤといいます。ひいおばあちゃんに会いに来ました」

「ああ、電話をくれた子ね。ひいおばあちゃんの部屋はこっちよ」

電話に出てくれた、職員のナカヤさんが、汗でびしょびしょのぼくの手を引いて案内してくれた。

真っ白な部屋がずっと続いていて、殺風景だな……と思っていたら、

「ここだよ」

ナカヤさんが、ニコッと笑顔で教えてくれた。

「おばあちゃん！　タツヤだよ。会いに来たよ！」

もう九十歳になったひいおばあちゃんは、また痩せて小さくなったように見えた。

それとも、しばらく会わないうちに、ぼくが大きくなったからなのかな……

ひいおばあちゃんは、メガネをかけていた。そのメガネの奥が、みるみる涙目になって、

「タッちゃん！　タッちゃんなの？　すごく会いたかった！」

そう言って、両手を広げ、汗でびしょびしょのぼくを抱きしめてくれた。

ひいおばあちゃんは認知症や老いが関係しているのか、ぼくが今一緒に暮らしているおじいちゃんやおばあちゃん、弟たち、それにお父さんのことも忘れてしまって、しかも同じ話を何回も繰り返す。

けれど、ぼくのことは、しっかり覚えていてくれた。


それから、おじいちゃんとおばあちゃんには内緒で、その施設に電話をしては、ひいおばあちゃんに会いにいくようになった。

「タツヤくんが会いに来る日は、早く会いたくて、約束の一時間前から施設の玄関で待っているんだよ」と、ナカヤさんが教えてくれた。

マウンテンバイクを停めて施設に入ると、ひいおばあちゃんは待ちきれなかったように、

「あらぁ、タッちゃん、会いに来てくれたの～。いつもありがとうね」

そう言って、抱きしめてくれるんだ。

二　スキー場にて

中二のぼくは、学校も部活も、ぼくなりにがんばっていた。

同じ時期、エノモトくんが紹介してくれた友達に教わり、マンガや映画のおもしろさにも、のめり込みつつあった。

そこに、月に一度、ひいおばあちゃんに会いに行く日も加わった。

そんな日々が半年ほど続いた頃、冬が来た。

年末、ぼくはお父さん、サトウさんと三人で新潟へスキーに出かけた。

当時テレビでは、スキー用品の会社のＣＭが繰り返し流れていて、ふと、スキーをやってみたいなと思ったんだ。

サトウさんに言うと「わたし、スキーできるよ。教えてあげよっか？」ということで、さっそく出かけることになった。

スキーに興味のない弟たちは、おじいちゃんおばあちゃんと留守番だ。

早朝、スキー場に向かう車の中で、学校のことや野球のことをいろいろ話した。

話しながら、ぼくは頭の隅でぼんやり思っていた。

なんだか……家族みたいだな。

周りの人たちはきっと、ぼくたちを血のつながった家族だと思っているんだろうな。

けれど、「家族」という言葉を思い浮かべると、どうしてもひいおばあちゃんを思い出してしまう。

ひいおばあちゃんのことが心配だ……

元気かなあ……


サトウさんは、言葉どおり、スキーが本当に上手だった。

スイスイと滑っていく姿は、お世辞でなくかっこいい。

そんなサトウさんに、初日の午前中はみっちりとスキーを教わって、ぼくもある程度滑れるようになった。


さあ、どんどん滑るぞ。

そう思っていたその日の午後、事件は起こった。

お父さんが先に滑っていってしまい、サトウさんとぼくが、そのあとから「迂回コース」というところを滑っていたときだった。

右の山のほうから、突然、
ドーーーン!!

——という爆発音が聞こえた。

聞こえたほうに目をやると、雪が竜巻状になってこっちに向かってくる。

「サトウさん、あれはなに?」

「!! あれは雪崩よ雪崩! 伏せてー!」

そう聞こえたあと、再度ドーン!という爆音とともにぼくは雪崩に巻き込まれ、二回、三回と縦にぐるぐる全身が回転した。

そしてしまいにギューッと締め付けられて、息ができなくなった。

く、くるしい……体のあちこちに、何かが刺さっているみたいで痛い……

そんななか、頭の中に浮かんでくるのは、ひいおばあちゃんの笑顔。

ひいおばあちゃん、助けて……

そう考えていると、

「うちの子が埋まっているんです、助けてください! お願いします、助けてください！」

サトウさんの大きな声が、聞こえてきた。

ガサガサ、ガヤガヤ、ドカドカ……あちこちで、いろいろな音が聞こえる。

やがて、

「いたぞー！」

ぜんぜん知らないおじさんの声。

スノーグローブで、一生懸命、ぼくの口のまわりから雪をかきわけてくれる。

呼吸ができるようにしてもらい、さらに全身を掘り出してもらう。

「見つかってよかった。ホントよかった……」

救出作業を見守ってくれていたサトウさんが、そう言って涙を流しているのが見えた。


初めてのスキーは、雪崩に遭って、恐ろしい思いをした。けれど一方で、雪崩に巻き込まれたぼくをサトウさんが一生懸命さがしてくれて、本当にありがたかった。つまり、痛いやらうれしいやら、複雑でひと言では言い表せないような体験となった。

ひいおばあちゃんに会ったときに、雪崩に巻き込まれたことを話してあげようと思いつつ、クタクタになってスキー場の真横にある旅館へ戻った。


次の日も一日中、スキーをして過ごした。

旅館に連絡が入ったのは、その夜のことだった。

「もしもし……わかりました……。タツヤ……」

フロントがつないでくれた部屋の電話をとったお父さんが、肩を落として短く言葉を返すと、ぼくに受話器を渡す。

「もしもし、タツヤですが？」

電話をくれたのは、生みのお母さんのお母さんだった。

「タッちゃん？　ひいおばあちゃんが、さきほど亡くなりました……」

涙声の祖母が、そう言う。


ひいおばあちゃんが亡くなった……？

あさって、元日には部活がないからと、会う約束をしているのに？

言われたことの意味が、わからなかった。

意味を理解したあとも、信じられなかった。


ひいおばあちゃんのいない世界。

ひいおばあちゃんのいない人生。


そんなの、考えられない。

一歩間違えばやさぐれてしまいそうな環境で生きてきたぼくを、ずっと支えてくれた、ひいおばあちゃん。

支え、希望、救世主……どんな言葉でも足りないくらいの存在。


そのひいおばあちゃんが、もういないなんて。


どうやって電話を終えたか、よく覚えていない。

つらいとか、悲しいとか、言葉では表せなかった。

雪崩で衝撃を受けていたところに、想像もしなかったような知らせ。

食事ものどを通らなくて、残念だけど、翌日はもちろんスキーどころではなく、すぐに家へ向かった。

お正月も、ずっと落ち込んで、泣いて過ごした。

あのまま雪崩に飲み込まれて、ぼくもひいおばあちゃんのところに行けたらよかったのに……

そんな考えがよぎるほどに、気持ちが沈み、何度も何度も涙が流れた。


スキー場からの帰りの車の中で、いつまでも泣いているぼくに、サトウさんがこう言った。

「そこまで泣いて思いやれるなんて、ひいおばあちゃんは幸せ者だね。

そこまで思ってあげられる人なら、タツヤの気持ちのなかでずっと生きてるから、タツヤ、忘れたりしないでね。

忘れたら、ひいおばあちゃん、ホントに死んじゃうからね」


その言葉で、ぼくは気づいた。

ひいおばあちゃんが、ぼくの心に生きていることに。

悲しい気持ちは、愛の裏返し。愛しいから、こんなにも悲しい。

ひいおばあちゃんとぼくが一緒に生きた、あたたかい時間があるからこそ、この張り裂けるような悲しみがある。

そうだ。

ひいおばあちゃんは、ここにいるんだ。ぼくの心にいるんだ。

体はなくなってしまったかもしれないけど、ひいおばあちゃんのくれたあたたかいものは、ぼくのなかにあるんだ。

しっかり生きて、天国のひいおばあちゃんを安心させてあげなくちゃ。

ぼくが立派な大人になることで、ひいおばあちゃんはきっと喜んでくれる。

大人の勝手な事情で、ひいおばあちゃんのお葬式には行けず、なぜ亡くなったのかさえ、知らせてはもらえなかった。

でも、天国で、ぼくの心のなかで、ひいおばあちゃんはずっとぼくを見ていてくれる。

ぼくは、そう確信していた。

三　受験勉強

春になり、ぼくは、中学最終学年の三年生になった。

夏には部活も終わって、受験に向け、夜遅くまで勉強だ。

——と思うそばから、

「タツヤ～!!　めし、食べたか!?」


一生懸命勉強していると、ぼくの部屋のある二階まで、酔ったおじいちゃんが話しかけにくる。

めし食べたか?のあとは、毎回決まって、昔の戦争のときの話だ。

勉強が進まなくて困っている、とサトウさんに相談したら、

「よし！　家を買おう！　見に行くぞ！」

そうサトウさんが言ってくれた。

サトウさんは僕たち兄弟に仕事の休みを合わせてくれて、土日に何度か、いろい

ろな家を見に連れていってくれた。

新築のピカピカな家。

山の中にある、中古だけどたくさん部屋がある大きな家。

そうこうしているうちに、おじいちゃんおばあちゃんの家の近くにあった空き地がタイミングよく売りに出て、サトウさんはすぐにその土地を買った。

「大きな木の家にしようよ」

そう言って、サトウさんとお父さんとぼくたち兄弟が五人で暮らせる家を建ててくれたんだ。

家を建て始める頃には、もう秋になっていた。工事が進むのを見ながら、そしてときどきはおじいちゃんの相手もしながら、ぼくは受験勉強をがんばった。

受験が終わるのとほぼ同時に、新しい家は完成した。

ぼくたち兄弟が、新しい家での希望を口にすると、サトウさんは答えてくれた。

大好きな犬も飼っていいって。

流行りの熱帯魚も飼っていいって。

サトウさん、なんでこんなに優しいんだろうな……

不思議に思いながらも、無事、高校にも合格し、進学することになった。

ただ、入学前の春休み、引っ越しと片付けに追われたからか、高校の入学式当日、ぼくはインフルエンザにかかり高熱を出してしまった。

サトウさんが、高校の担任に電話で連絡してくれた。

ところが、その教師からの返事に、ぼくらはみんなびっくりした。

「あなたは誰ですか？　入学の書類には、お父さんと息子さん三人の名前しか書いてないいんですが？」

「義理の母なんです」

「義理もクソもあるかよ。本当の母親でもないのに、お休みしますと言われても信用できないいんで」

埒があかないので、そのあとお父さんが電話を替わり、ようやく休みの連絡はできた。


サトウさんは、すっかり、肩を落としていた。

サトウさん……

インフルエンザで高熱を出したぼくを看病してくれるサトウさん。

「大丈夫？」とやさしく声をかけ、頭を撫でてくれるサトウさん。

お母さんって、こんな人のことを言うのかな……

ぼくは心の中でそう思うことがあったけれど、周りの人が、サトウさんを「お母さん」と認めるのは、また別の話らしかった。

「お母さん」って、世間では、ひとつの肩書きでもあるのかな……

大人の世界や大人の事情は、ぼくにはまだまだ、理解するのは難しかった。

四　目標、見つかる

高校入学前の春には、引っ越しとは別の変化もあった。

近所のファミリーレストランで、調理のアルバイトを始めたんだ。

きっかけは、高校の入学手続きに行く途中、その店の入り口に「時給六八〇円」と書かれたアルバイト募集の貼り紙を見つけたこと。

小さい子どもの頃、お隣のスズキさんの家で食べたすき焼きに感動した記憶も、心のどこかに残っていたかもしれない。

引っ越し準備の合間に、ぼくは自分で店に連絡を入れ、面接してもらい、採用されることになった。

家族は、ぼくがアルバイトを始めることに大賛成だった。ぼく自身を含め「高校に入ったら、必要なお金は自分で稼ぐ」と半ば当然のように思っていたからだ。

時間的に野球を続けられないのは、少し残念だけど仕方ない。

そしてじつは、入学してから知ったのだけど、高校ではアルバイトは禁止だった

（だから内緒にしておいた）。

初めてのアルバイト先であるレストランは、恵まれた職場で、先輩には本当にかわいがってもらった。

同じところに歳の離れた人たちがいっぱいいるのも、学校とは違い、初めてだ。優しくてかっこいい調理長や先輩たち。みんな本当にいい人ばかり。レストランの仕事のほかに、おしゃれなバンドをやっている先輩もいる。

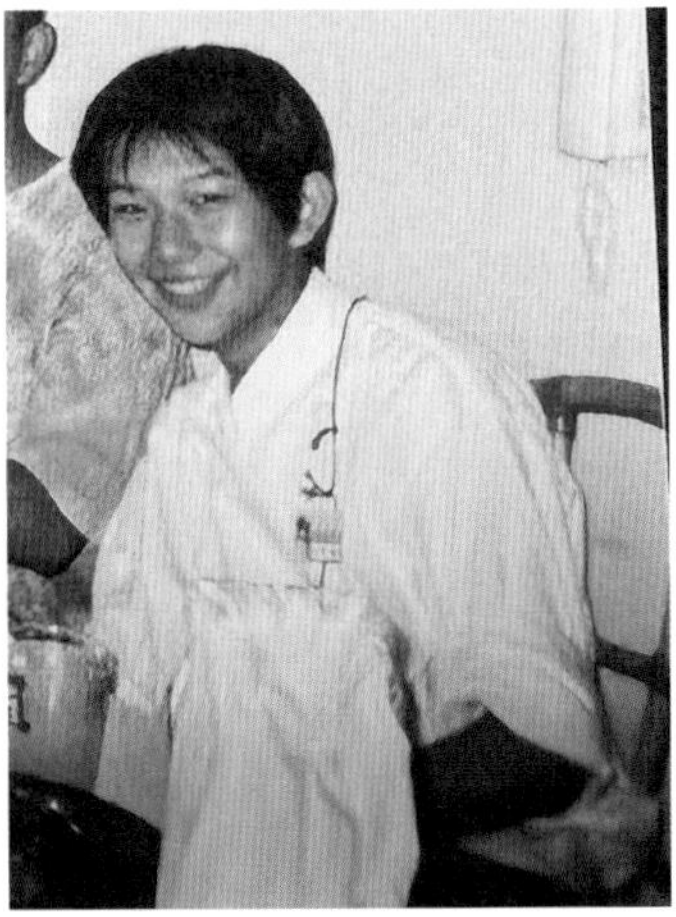

アルバイト中のぼく

中学までと違って、とても新鮮だった。

両親のことや学校でのいじめ、いろいろあって引っ込み思案になっていたぼく。

それなのに、レストランのアルバイトをきっかけに、いろいろな環境を知ることができたおかげか、気づいたらぼくはよくしゃべる社交的な性格になっていた。

もしかしたら、中学校で最初に友達になったエノモトくんが、その下地を作っておいてくれたのかもしれない。


そして、アルバイトを通して、ぼくはまた一つ気づいた。

ただお金のためだけに働くんじゃない。

「人を元気にしたい。人を笑顔にする仕事がしたい」

「料理を通して、誰かに喜んでもらいたい。誰かを笑顔にしたい」

――すき焼きを食べさせてくれた、隣のスズキさんみたいになりたい。

「こんなにおいしいものがこの世にあるのか！」

そんな驚きや感動を与えられるような料理を提供したい。

いつしか、そう思うようになった。


ある日、調理長のトウヘイさんと、休憩室でたまたま二人になった。

トウヘイさんに聞かれた。

「タツヤは将来何になりたいとか、あんのか？」

「ぼくも調理長みたいになりたいです。調理学校に行こうと思います」

「そうか。おまえはなんで調理の仕事がしたいんだ？」

「人を元気にしたいんです。誰かを笑顔にするような料理が作りたいんです」

「なるほど」

トウヘイさんはうなずいてニヤニヤしながら、ぼくにこう言った。


「その夢ならおまえは無理だよ。あきらめろ」


ビックリとガッカリ、感情が同時に押し寄せてきた。

ぼくは焦って尋ねた。

「なんでですか？　なんで無理なんですか？」

するとトウヘイさんは、こう答えてくれた。

「タツヤは、調理してる最中、ずっと独りごと言ったり、近くにいる人としゃべったりしてるよな。

髪も服装も、ヘンっていうか……まあ、かなり個性的だよな。

おまえが人を元気にしたいなら、料理をやるより、美容師になったほうがいいんじゃないか？

調理場まで来て『元気になりました！』なんて言ってくれるお客さんは、なかなかいないぞ。

でも美容師だったら、その場でお客さんと会話できるし、その場でお礼も言ってもらえるじゃないか」

目からウロコが落ちた。

そうか！

「人を笑顔にしたい」という目的のために、手段は無限にある。

その手段のなかで、ぼくに一番向いているものを選べばいいんだ！

たまたま縁のあった「調理」という手段にこだわらなくてもよかったんだ！

アルバイトが終わったらすぐ、サトウさんにこのことを話したい話したい話したい！

帰りは自転車で立ち漕ぎだ！

「ただいま！」

「おかえりー」

優しいサトウさんの声が聞こえてきた。

大きな音をたててドアを開けて、

「あのさ、おれさ、美容師になりたい！」

一気に言うと、サトウさんはびっくりした顔つきでこう言った。

「この前は、調理師になりたいって言ってなかったっけ？」

そこで慌てて、事の成り行きを全て話した。

サトウさんは、

「その調理長は、人を見る目があるね～。

よし！　わたしは、タツヤをホントはお医者さんにしたかったけど、タツヤの夢を応援するよ」

そう言ってくれた。

サトウさんはふだんから、勉強はしっかりやりなさい、という方針だった。だからぼくもアルバイトが終わると門限の夜十時までに帰宅して、すぐ学校の課題にとりかかる毎日だった。

そしてそのサトウさんが「お医者さん」と言ったのは、まったくの冗談というわけではなかった。

看護師長をしたり、看護学校で教えたりした経験から、もっと患者の身になって考えられるお医者さんが増えてほしいとサトウさんは思っていた。そしてそれには、ぼくの性格がぴったりだと感じていたことを、だいぶあとになって教えてくれた。


将来の希望が定まり、家族にも応援してもらえることになって、美容学校への進学や、入学の手続きについて、高校の先生から教えてもらうことになった。

アルバイトしたり、その先輩たちと遊んだりもしていたけど、幸い成績が悪くないこと、欠席数が少ないことから、美容学校に推薦で行けることになった。

高校の三年間は、アルバイトして貯金して、職場の先輩と遠くに遊びに行ったり、初めて彼女ができて一緒に花火大会に行ったり、高校の仲間と草野球をしたり……

思い返すと、かなり充実していたし、人間としてとても成長できた三年間だったなと思う。

「やりきった」という気持ちが大きかったのか、卒業式では、寂しいからと泣いたりはしなかった。

その卒業式が終わってすぐ向かったのは、アルバイト先の先輩たちのところ。

「やっとおめえも大人になってきたんだな。

けど、ここを去ってしまったら、寂しくなるな……」

そう先輩たちに言われて、さっきの卒業式とは打って変わって、とても寂しくなった。

先輩たちには、とてもよくしてもらった。

バンドのライブに連れて行ってもらったり、花火をしたり、夜、急に彼女に会いに行かなきゃならなくなったときに、車で連れていってもらったり……

ぼくも、先輩たちみたいな、優しくて思いやりのある大人になりたいと心から思った。

寂しいけど、今は、大人になる一歩を踏み出さなきゃ。

そう思って、三年間働いたレストランを去った。

五　美容師をめざして

ファミリーレストランを辞めたあと、美容学校の入学式の前に、別のアルバイトを始めた。

居酒屋で、ホールの店員をやってみたかったんだ。

美容師は接客業だから、早いうちに接客に慣れておきたいということもあった。

新しい職場のメンバーは、体つきが大きく、目がキリッとした怖そうな料理長。

よく学び、よく遊んだ学生時代

髪の毛が全くなく、背は低くて声はとても高い、ちょっと頼りなさそうな店長。

さらに、厨房から声が飛んできた。

「タツヤ！　タツヤじゃねえか？」

同じ中学の、一つ上の怖い先輩だ。

このアルバイトで、大丈夫かな……

頭の中に、暗雲が立ちこめてきた。

そして美容学校の入学式の日。

教室に移動し、自己紹介が始まった。

大丈夫かな心配だなと思う間にも、どんどん順番が近づいてくる。

とうとう来た！　ぼくの番だ。

「き、き、きみつーってとこから来てる、大友です。よろしくお願いします！」

終わると、教室内が笑い声であふれる。

いきなり噛むし、声は裏返るし。緊張のあまりさっそくやらかしてしまった。

……と思ったら、次の男性。

「ぼ、ぼ、ぼくは、君津駅に住んでて、こっ、ここまで電車で来てます、ヤマダです。よろしくお願いします」

自己紹介が終わった途端、また笑い声に包まれる教室。

でもぼくは、笑いながらも、頭の中でビビッと感じるものがあった。

君津駅に住んでいる？　近いじゃないか。ちょっと天然な感じもするやつだけど、なぜか親近感を感じるぞ……

勝手にそう思ったぼくは、彼にすぐ話しかけた。同じ駅まで帰るから、一緒の電

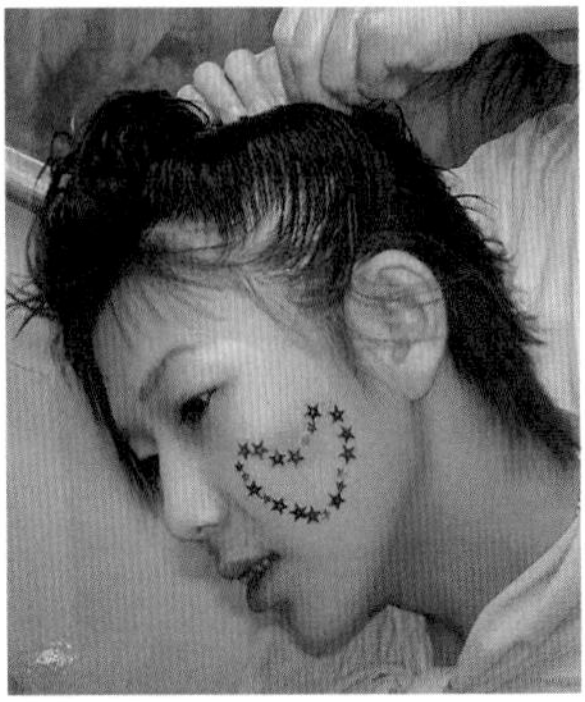

美容学校のヘア・ショーに、モデルとして出演する準備中

車の中でもいろいろと話をした。

そうして、ヤマダくんとはすぐに友達になった。

行きも帰りも、ヤマダくんと一緒。お昼ごはんを食べるときも、ヤマダくんと一緒。

そのヤマダくんは、美容学校に通いながら、美容院でアルバイトもしているのだという。

そして「そのほうが、専門学校を卒業してから早くスタイリストになれるよ」と教えてくれた。

ぼくもできればそうなりたいなと思い、アルバイト先の居酒屋の料理長に相談してみた。

そうしたら、料理長は、仲のいいお客さまにこう言ってくれた。

「うちのバイトが、美容院でバイトしたいって言ってるんですけど、働かせてやってもらえないですかね？」

相手のコワモテおじさんはこう言った。

「生半可な気持ちで働きやがったら、ゲンコツしてやるからな！」

そんなわけでぼくは、居酒屋を辞め、コワモテおじさんの友人が店長をしている近所の美容院でアルバイトを始めることになった。

そこでの仕事は、高校生の頃に、レストランの調理長が話してくれたとおりだった。

まだシャンプーさえさせてもらえないぼくだけど、お客さまとお話しするのが、心底楽しい。

自分が楽しいだけでなく、相手も笑顔になってくれる。

やっぱり、ぼくにはこの仕事が向いているんだな。


充実した前向きな日々のあいだには、悲しいこともあった。

ちょうど同じ頃、末期がんのおじいちゃんを見送ったことだ。

肺と肝臓のがんで、苦しんで泣きながら……つらい別れだった。

お酒も飲むし、いろいろ、本当にいろいろあったけど、ぼくを引き取って育ててくれた、大切なおじいちゃん。

昔かたぎで、曲がったことが大嫌いな人だった。

人として大切な、根本のところを教えてもらった。

ぼくは、おじいちゃんに秘密にしていたことがあった。

中学の頃、ひいおばあちゃんが亡くなる前の半年間、マウンテンバイクで施設まで会いに行っていたことを言えずじまいだったんだ。

でも、おじいちゃんが亡くなってしばらく経った頃、お父さんが教えてくれた。

「そのことなら、おじいちゃん、ひいおばあちゃんが亡くなった後で誰かに聞いたらしいぞ。

『タツヤ、ばあさんに会えてたのか、よかったなあ。よくぞ会いに行ってくれてたなあ。タツヤ、いいやつじゃねえか』って、喜んで、泣いてたぞ」

成人式の日に、祖母と

六　ヨシノおばあちゃん

ひいおばあちゃんに続いて、おじいちゃんとも別れたぼく。

だけど……いや、だからこそ、二人が心の中でぼくを見守ってくれているからこそ、夢に向かう歩みは止めない。

毎日美容学校に通って、夜や休日は美容院でアルバイト。

アルバイトも最初のうちは、掃除や洗濯に加え、店内の雑誌をとりかえたり、予約電話に対応したり、といった仕事だったのが、半年ほど経つと、シャンプーやパーマ液の扱いなども担当させてもらえるようになった。

お客さんと話をする機会も、さらに増えた。

そのアルバイトで、ある日、高齢の女性のお客さまを担当させてもらった。

「シャンプーを担当させていただきます、大友タツヤと申します。よろしくお願いします！」

おじいちゃんからの教育の一つで、「人にものを聞く前に、自分のことを話しなさい」と教えられたことがあった。

まず自分のことを話し、心を開いてもらって、会話していく。

いつもどおりに接客しながらシャンプーを始めると、女性のほうもご自身のことを聞かせてくれた。

その後、パーマをかけるときに使うロッドを店長がまく際、ぼくはアシスタントとしてロッドを渡していった。しかし途中で一瞬もたついてしまい、店長が少し不機嫌になってしまった。

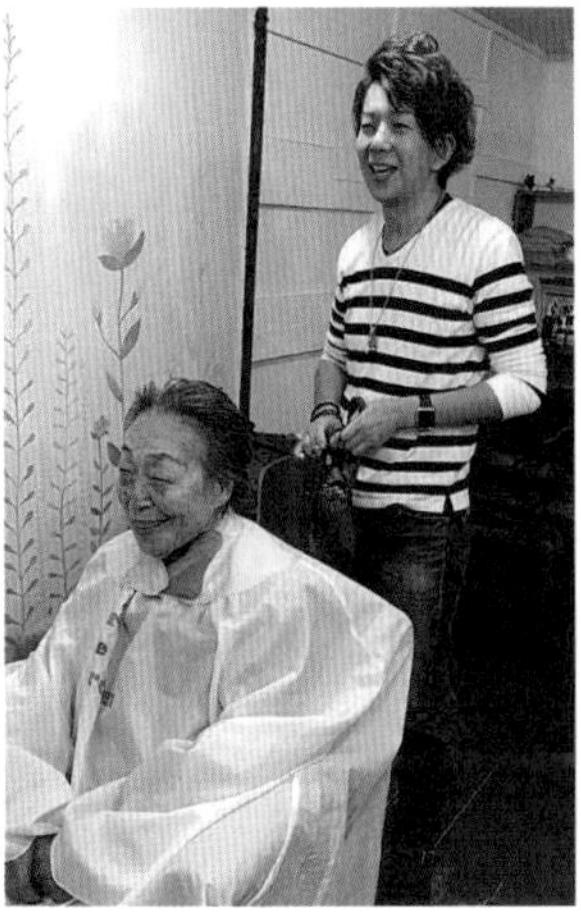
ヨシノおばあちゃん

店長が離れていったところで、女性がぼくに声をかけてくれた。

「たいへんねえ」

パーマの後の待ち時間で、いろいろな話を聞かせてもらった。

女性のお名前は、ヨシノおばあちゃん。お年は、八十代後半。戦争でご主人や息子さんを亡くし、親戚も散り散りになって……それでも、力強く生きてこられた方だった。

柔和なヨシノおばあちゃん。

どこか、亡くなったひいおばあちゃんが重なる。

ぼくがパーマのかかり具合をチェックしたりしながら、自分の生い立ちを話すと、ヨシノおばあちゃんは大泣きしてしまった。

「本当に大変な人生だったね。

でもタツヤくんは、裏切ったりだましたりする人間じゃなくて、裏切られる側でよかったね。

裏切られる側なら、そのつらさや悲しみをちゃんと活かして、世のため人のために生きていけるから」

いつもすっきりと和服を着こなし、品がありながらフットワークの軽いヨシノおばあちゃん。

その後も何度か美容院に来てくれて、じきに、個人的にランチに行ったりお茶したりするようになった。

何度目かのランチで、ぼくは初めて、幼い頃に出ていった生みのお母さんへの気持ちについて話した。

――いろいろな人との出会いに恵まれて、今は、「生きていたくない」とは思わない。

亡くなったひいおばあちゃんやおじいちゃんのためにも、立派な大人になって生きていこうと思う。

ただ一方で、お母さんのことを許しているかといったら、そうではない気がする。子どもの頃の恐怖心、ぼくら兄弟を置いて出ていったこと。

「だったら産まなきゃよかったのに」という気持ちはずっと消えていないこと――

ヨシノおばあちゃんは、優しい眼差しで、うなずきながら聴いてくれた。

そして、言った。

「私にも、息子がいたわ。それはそれはかわいくて、大切だったわよ。

空襲で死なせてしまって、守ってやれなかったけど。

お腹を痛めて産んだ子のことを、簡単に捨てられるわけがないのよ。

簡単に捨てたんじゃないのよ。そうせざるをえないほどに、つらいことがあったのよ。

捨てたくなんかないけど、捨てなきゃいけないほどに、お母さん追い詰められていたのよ……

出ていったあとも、タッちゃんたち兄弟のことが、きっとずっと心に引っかかっていると思うよ」


そうなんだろうか？

そんなこと、考えたこともなかった。

お母さんが悩んで苦しんで、捨てたくなかったけどぼくらを捨てた、捨てざるをえなかった、なんて。

ぼくは、自分がずっと苦労してきた過去を、なんとか納得しようとしていたのかもしれない。お母さんを、一方的に悪者にすることで。

ただ、ヨシノおばあちゃんにそう言われたからといって、ぼくの傷ついてきた過去が帳消しになるわけじゃない。

そんな……仮にお母さんに事情があったとしても、だからといって……

「ね、タッちゃんももう大きく立派になったんだから、タッちゃんのほうからお母さんに歩み寄ってあげるのはどうかな？

どうしてそうなったのか、本当の気持ちはどうだったのか……

タッちゃんの想像で決めつけるんじゃなくて、お母さんの言葉を聞いてみたら？」


そんなふうに言ってくれる、ヨシノおばあちゃんの気持ちがうれしい。

ヨシノおばあちゃんの声、眼差し、握ってくれた手のぬくもりが、僕の心にじんわり広がってゆく。

ヨシノおばあちゃんに話を聞いてもらいながら、ぼくもなんとなく、気づき始めていた。

たしかに、お母さんは、お父さんから大事にしてもらったりかまってもらったりすることが、少なかったのかもしれない。

まったく想像がつかなかった、あの頃のお母さんの気持ちも、もしかしたら……と、想像してみるようにもなった。

ヨシノおばあちゃんと話すことで、自分中心だけではなく、逆の見方もしてみようと思えるようになりつつあった。

でも、それはまだ、ぼくとお母さんとの中間地点に、やっとたどりついただけのこと。

事実がわからないまま、頭の中だけで考えていることも、前と同じ。

そんな自分が、いつか、もっとお母さんのほうへ歩み寄ってみようと思えるようになるんだろうか。

そこまで踏み出せるのは、まだずっと先のような気がした。

いつまでも元気でいてほしい、ヨシノおばあちゃん

第3章

人生の「まさか」

一　再会

アルバイト先の美容院では、いろいろな経験を積むことができた。

ただ、思うところあって、美容学校を卒業したあと美容師以外の仕事をして暮らすうちに、あっという間に三年ほどがたってしまった。

でも、やっぱり、美容師としてやっていきたい。

そう思い、成田の美容院で働き始めて、しばらくたった頃。


ある日、新規の女性のお客さまが、ぼくを指名してくださった。

メニューはシャンプー&カット。

まだアシスタントで、カットはカットモデルの方しか担当したことのないぼくなのに、新規で指名なんて、なかなかないことだ。

過去に担当したお客さまからのご紹介かな？

ありがたいなあと思いながら、まずはカウンセリングにご案内する。

席についてもらうと、その方は、うつむきがちな姿勢のまま、おずおずと口を開いた。

「タッちゃん……タッちゃんだよね……？」


手が、思考が固まった。

その女性は言葉を続ける。

「お母さんだよ。覚えてる？　ごめんね……迷惑だよね？

タッちゃんがここで働いてるって知って、会いたくなって、来ちゃった……」

ビックリしすぎて、言葉が見つからなかった。


様子がふだんと違うことに気づいた店長がやってきた。

「すみません、大友がなにか失礼をしましたか？」

ぼくは一瞬迷ったけれど、「母なんです」と短く伝えた。すると店長は、なにかを察したのか、小さな声で「カットしてやれ」と言って離れていった。


通常の料金をいただくお客さまのカットは、それが初めて。

ただでさえ緊張するうえに、まわりのスタッフやお客さまのことが気になって、当たり障りのない会話しかできない。

帰り際、「また来ていい？」と聞かれ、とっさに、「さっきカルテに書いてもらった携帯番号にかけていいかな」とぼくは返事をした。

頭が混乱するなかで迎えた、思いがけなさすぎる、カットモデル担当からの卒業だった。

後日、ぼくは伝えたとおり、あらためて電話をかけ、外で会うことにした。

何年か前に、ヨシノおばあちゃんに言われたことを、ずっと忘れずにいたからだ。

「本当は、何があったの？　どうして出て行っちゃったの？」

ずっとずっと聞きたかったこと。

それをまず、自分から聞いてみようと思った。

美容院でお母さんと会ったのが、約十五年ぶりだった。

ぼくが成田で働いていることを知らせたのは、お母さんの弟のテルおじさんだった。おじさんとぼくとは相変わらずよく連絡を取り合っていたし、その頃のお母さんの住まいが、たまたまぼくの勤め先の美容院とそう遠くなかったこともあった。

お母さんは、当時のことをたくさん話してくれた。

働きながらの初めての育児で、不安で仕方なかったこと。

お父さんが家族よりも趣味を優先させているように感じて、自分で自分を追い詰めてしまい、ネグレクトの状態になってしまったこと。


「だからといって、許されることじゃないのは、わかってる。

本当に、ごめんなさい。

だけど、お母さん、タッちゃんのことを嫌って、ぶったり、出て行ったりしたわけじゃないの。

それだけ……それだけ、伝えたくて。

ごめんね、タッちゃん。ずっと気になってたのよ」


それを聞いて、複雑な気持ちになった。

たたかれたり、家の外に出されたりしたあげく、お母さんがいなくなり、そのことでどれだけ大変で、どんなに孤独を感じたか……

出て行ったあと、気になっていたのに、帰ってこなかったの？

どうして？

気になってはいたけど、大事に思ってはいなかった、ということ？

ぼくは、生まれてよかったの？

なんのために、生まれてきたんだろう？


たくさん話してもらっているのに、ぼくの頭の中では、さらなる疑問がどんどんふくらんでいく。

でも、それを尋ねる勇気は、ぼくにはなかった。

うんうん、と聴くことしかできなかった。

そして何より、たくさん話してくれたお母さんのことを理解してあげたい、とも思った。

だから、自分の思いや疑問は、結局、口には出さなかった。

幼い頃のつらさや悲しみを思い出しながらも、強い口調でお母さんを問い詰めたりせずに済んだのは、以前、ヨシノおばあちゃんに話を聞いてもらっていたおかげだった。

お母さんと別れたあとも、すぐにヨシノおばあちゃんに連絡した。ヨシノおばあちゃんは、ぼくがお母さんと会って話せたことを自分のことのように喜び、こう言ってくれた。


「よかったね、タッちゃん。

つらかったときの感情を、その場で出さなかったなんて、タッちゃん、立派だったね。

お母さんも、つらかったと思うよ。

お腹を痛めて産んだ子だもの。

まだわからないと思うけどね、でもタッちゃん、大人になったね。成長したね。すばらしいね」


ぼくは、成長したんだろうか？

そうだとしたら、それはきっと、ひいおばあちゃんやサトウさんやヨシノおばあちゃんはじめ、大勢の人に大きな愛を注いでもらったからだ。

ヨシノおばあちゃんと話せたことで、許せないと思っていたお母さんのことを、やっと、理解しようと思えたんだ。

ぼくは、ひとりで生きているんじゃない。
たくさんの人に愛され、守られて、今生きているんだ。
そして、これからも、そう思いながら、生きていきたいんだ。

二　芸能の仕事

お母さんと再会したことを、ぼくは隠さないで家族に伝えた。

お父さんは、「どうして今さら会いに来たんだ……おれのこと、何か言ってたか？」と落ち着かない様子だった。お母さんが置き手紙に書いていた、お父さんを責める言葉が、ずっと忘れられないのだという。

お父さんなりに、ずっと気にしていたんだと、ぼくはあらためて知った。

弟たちは、もちろん驚いてはいたけれど、生みの母親の記憶は薄いようで、ショックを受けたりしたらどうしようと思っていたぼくは、少し拍子抜けでもあった。

そんななか、サトウさんが、冷静な顔をしつつ、つぶやいた。

「母、だね。お母さんだもんね。そりゃ忘れないよ、子どものことは……」

そんな、再会や許しの機会をくれた、美容院。

その後も勤めてはいたけれど、だんだんとその経営方針に疑問を抱くようになり、モヤモヤとした気持ちが少しずつふくらみつつあった。

そんな頃だった。

いくつかの美容院が合同で開いたヘア・ショーに、ぼくはモデルとして出演した。ショーが終わると、突然、白髪まじりのふくよかな男性に名刺を差し出され、挨拶を受けた。

「青葉健一郎です」

名刺の「プロダクション」「社長」という文字に、目が吸い寄せられた。

芸能事務所の社長に、スカウトされたのだ。


美容師としてやっていきたいと思いながらも、職場の現実を目の当たりにして、自分の行く先がよく見えなくなっていたぼく。

スカウトをきっかけに、なにか光が見えた気がして、美容の仕事から離れ、芸能の仕事に移ることにした。


青葉社長のプロダクションは、東京・原宿の一等地に事務所を構え、若い男性ばかり十数人ほどが所属。事務所近くの貸しスペースで、歩き方、発声、演技など、専門の先生のレッスンも受けさせてもらった。

その後は折々に、社長に呼び出されたり、突然電話が来たりして、

「雑誌の撮影がタツヤくんに入ってさ。○日の○時に、浦安に行ってね」

そんな具合に、どんどん仕事が入るようになった。


ただ、青葉社長は、ちょっと変だなと思うことがしばしばあった。

仕事の話があると呼び出されて事務所へ行くと、抱きしめてきたり、頬にキスしたり、それ以上を求めてきたりすることもあった。

とはいえ、雑誌のモデルやテレビに出る仕事を、ちょくちょく入れてくれる……社長のセクハラはあるけど、仕事をたくさん紹介してくれるんだし、と我慢して続けていた。

ただ、いつも隙間なく仕事が入るというわけでもなかったので、ぼくは、単発で入ることのできる営業補助などのアルバイトも掛け持ちするようになっていた。

しばらくたつと、ドラマの役を買うためにお金が必要だ、と社長が言いだした。

「三〇〇万必要だから、協力してくれない?」と言いながら、手をギュッと握ってくる。

そんなお金はもちろん手元になかったけど、芸能の仕事をもっとがんばりたいと思ったぼくは、社長に言われるまま、一緒に消費者金融を回った。

店舗で融資を受けたいと告げると、書類を書いて面接を受けることになる。最初は緊張したけど、掛け持ちの仕事の収入があることもプラスに働いたようで、限度額の五十万円まで借りられることになった。

すぐにカードが作られ、その場で全額を引き出す。店舗の外で待っていた社長にそのまま渡すと、「すごいじゃない！　よくできたわね、ごほうびあげるね」などと喜んでくれた。

休む間もなく、次の店舗へ。ここでも満額借りられた。緊張は消え、社長にほめられるたびに、妙な達成感がわいてくる。

そんなことを繰り返して、借りた総額は、ドラマの役を買うのに必要な額ぴったりの三〇〇万円。

お金をすべて渡すと、社長は、

「これでドラマに出演できるね！　大役がとれるわよお！　がんばろうね！」

そう言って、そそくさと事務所へ帰っていってしまった。

自宅までの帰り道、ぼくはぼんやりと考えていた。

なんだかすごい一日だったな……

これでよかったのかな……？

でもこれで、一躍有名人になれるんだ、きっと。

社長の言うとおり、がんばろう。


それから何日かが経った。社長からは連絡が来ない。

携帯電話にかけてみると、流れてきたのは「現在使われておりません」というアナウンス。

これ、おかしくないか……？

心配になったぼくは、同じ事務所で仕事をする男性のひとりに連絡してみた。すると、驚くべき事実を知らされた。

青葉健一郎は、人をだましてお金を巻き上げたばかりか、他にも問題を起こして逮捕されてしまったというのだ。

同じ事務所の仲間だけでなく、別の事務所の女性までもが被害に遭っているという。

怒りがこみ上げる一方で、ぼくは、頭の中の醒めた部分で別のことを考えていた。

——ドラマの大役の話なんて、最初からなかったのか……。残念だったな。
喪失感、失望感という単語が、このときの気持ちにはぴったりだった。

三　一瞬のできごと

芸能事務所自体がつぶれてしまったので、新たな仕事はもらえるはずもなく、残ったのは借金だけ。

絶望しそうな状況のなか、ぼくは、借金を完済するためにがむしゃらに働くと決めた。

これまで、仕事でも人生でも、これでもかというくらいにたいへんな経験をしてきたんだ。

やってやろうじゃないか。

モデルと掛け持ちでやっていた通信系の営業の仕事に加え、日払いの土木作業、イベントの設営と、休みなく働いて一年が過ぎた。

そうこうするうちに、不幸中の幸いとでもいうのか、通信系の営業の仕事で実績を認められ、ぜひ正社員にと声をかけてもらった。アルバイトとしても破格の時給をもらっていたけど、正社員になると収入はさらに増え、しかも安定した。

人に喜んでもらいたくて美容師をめざしたぼくだけど、通じるものがあったのか、営業の仕事は思った以上に性に合っている気がした。それで、しばらく経つと保険の営業に転身することにした。高校あたりからは社交的になって、人と話すのが好きになっていたうえに、芸能界に複数の知り合いができたり、その知り合いが大手の社長さんを紹介してくれたりしたこともあり、大口の契約をいくつも成立させて、実績を上げていった。

稼ぎが増えるにつれ、交友関係も、以前より派手になりつつあった。

しかも、多少遊んでいても、借金の返済は順調に進むんだ。

この頃、家では、家族がぼくのことを気にかけていた。

あんなにおしゃべりだったぼくが、前みたいに、家でしゃべろうとしない。

口を開くのは、なにか用事があるときだけ。

そもそも、家にいる時間が減っていた。

ずっと連絡を取り合っていた、ヤマダくんをはじめとする昔からの仲間とも、その頃はあまり会わなくなっていた。

一生懸命働いて、遊んで、莫大だと思っていた借金もあと少し。

思えば、この頃のぼくは、どこかゆがんでいた。

いつも楽しそうに笑ってはいたけれど、心の底から楽しんでいたわけじゃない。

いや、心の底では、誰も信じていなかったんだ。

幸せも、あたたかさも、しばらく感じることがなかった。でも、お金があるからどうってことないと思っていた。

しかもその頃は、自分のそんな変化に、自覚がなかった。


営業の仕事では、つねに上位の成績をあげていた。だまされてつくってしまった借金も、思った以上に早く完済することができた。

ぼくは絶好調なまま、二十九歳の誕生日を迎えようとしていた。

借金完済記念も兼ね、がんばってきた自分へのプレゼントとして、ハーレーという大きなバイクを購入することにした。

納車は、誕生日の前日。

さっそくまたがって、自宅へ向かう。

ちょっと風が強い日だったけど、走りながら感じるその風が気持ちいい。

そのときだった。人生を変えることが起こったのは。

気持ちよく走るうちに、肩から提げていたかばんのひもがズレてしまった。

ぼくは、それを直そうと、運転しながら片手を後ろに回した。

その瞬間。

突風にあおられた。

片手でつかんでいたハンドルがとられる。

「あっ……」

それから先のことは、覚えていない。

第4章

美容師、復帰

一　何を言ってるんだ？

きれいな山が連なっている。

そして、深い川。

とても深いのに、底が見えるほどに澄んでいる。

この世のものとは思えない、美しい風景。

周りには、真ん中だけが黄色で花びらは真っ白な大きな花が、いくつも咲いている。

そこにかかっている赤い橋を、何人もの人が渡っていくのが見えた。

「あっちについて行けばいいのか」

そう思って歩き出すと、赤い橋に差しかかったところで、懐かしい声がした。

「タツヤ！　まだこっちに来るには早《はえ》えぞ」

「おじいちゃん？」

亡くなったおじいちゃんがスーツ姿で、橋の真ん中に立っている。

どうして？　おじいちゃん、がんという病気で亡くなったはずなのに。

「来た道を帰《けえ》れ。おめえのことを待ってる人間が、いっぺえ、いんだからよ」

スーツ姿で立ち、そう話すおじいちゃん。

おじいちゃんにせっかく会えたのに、と名残惜しく思いながらも、言われたとおり引き返すと、戻る道の遠く先のほうから、たくさんの声が聞こえてきた。


「タッちゃん、早く元気になって」

「タツヤ、早く元気になれよ。待ってるからな」

「兄ちゃん、頼むから起きてくれ」

「タツヤ、早く目を覚ませー。またぜったい遊ぼうなー」

「タッちゃん、目を開けて」


目を開けて？

おかしいな。ぼくなら目を開けて歩いてるのに。何を言ってるんだ？

——と思うと、今度は急に、視界が真っ暗になった。

あれ、ぼく、いつの間にか目を閉じていたのかな？

山は？　川は？　きれいな景色は？

とんでもなく強い力が要ったけど、いい加減なんとかしなきゃ、えいやっ！と、思いきって、力を振り絞って目を開けた。


なんだか、様子がへんだ。

体中にコードがつながっているのが見える。

でも、どうもうまく焦点が合わない。一方の目が……見えていない？

逆側にあるのは、ドラマなんかでよく見る、入院患者に使われる装置？

ということは……ここは、病院？

いったい、何が起こっているんだろう？


目を開いて周りを見ていると、また、知らない声が聞こえた。

「先生！　大友さんが目を開けました！」

「そんなはずないよ。大友さんは植物状態なんだから」

「でも、開いたんです！　本当です！　先生、来てください！」

誰かが叫んでいる。

「オートモサン」というのが、ぼくのことなのかな？

自分が何者で、何がどうなっているのか、わからない。

先生と呼ばれる、メガネをかけてシャキッとした身なりをした男性が現れ、ぼくを見て顔色を変えた。

「おい！　大友さんのご家族に今すぐ連絡しろ！　大友さんが目を覚ました！」


しばらく経つと、ドアが突然開き、現れた男性と女性。

誰だろう、この人たち。

男性が、声を出す。

「タツヤ、わかるか？　お父さんだよ。サトウさんのこと、わかるか？　タツヤのお母さんだよ」

「……？」

タツヤ？　おとうさん？　おかあさん？

何を言われているのか、わからない。

目を開けて最初に会った女性や男性も、ときどき、「お年は何歳ですか？」「お誕生日、いつですか？」などと声をかけてくるけれど、答えるどころか、そもそも何を言われているのかがわからない。

ぼくがいたのは、大きな病院の一般病棟だった。

目覚めた当時はまだ、記憶障害のため、自分や周りの人々が誰なのかわからずにいた。

そもそも最初のうちは、言葉自体がよくわからない。ただの音でしかない。

もちろん、体もほとんど動かない。最初に動かすことができたのは、左目と、首だけ。

ただ一点、「動くはずの体なのに、動かせない、何かヘンだ」という感覚は、最初からあった。

そしてあとで知ったのだが、ぼくは目覚める前、一時はＩＣＵ（集中治療室）にいたらしかった。

そんな状態だったが、目覚めて数日後、事故からちょうど一か月ほど経ったあたりから、まずは体を動かすためのリハビリを少しずつ始めていくことになった。

まず、動かす訓練をしたのは、指だ。

指が動くようになったら、次は手。

手が動いたら、次は腕……

体のリハビリを始めて少し経つと、言語のリハビリも始まった。すると、ただの音だった言葉が、ゆっくりとではあったが徐々に思い出されてきた。

手や腕を動かせるようになった頃には、文字盤を手元に置いてもらい、指差しで簡単な意思表示もできるようになった。

この頃はまだ自覚がなかったけど、ぼくは右目を失明し、左耳も聞こえなくなっていた。

そのうえ、一度説明されたこともたった数時間で忘れてしまう。

けれど一方で、昔の自分や仲間たちの写真を見せてもらうと、

「ああ、こんな人いたなあ」

「自分もこんな頃があったなあ」

そんなふうに、過去のことは思い出されてくるんだ。

そんな、不思議な感覚のなかで日々が過ぎていった。

二　障害

学生時代や職場の仲間たちが協力してくれて、ぼくが患ってしまった事故の後遺症のことをインターネットで調べ、印刷してきてくれた。

その後遺症を、「高次脳機能障害」というそうだ。

症状は、新しいことが記憶できない記憶障害、言葉がうまく出せなくなる言語障害、そのほかにも集中力が落ちたり続かなかったりと、人によってさまざまらしい。どのくらいの時間で回復するか、逆に継続するかも、いろいろなケースがあるという。

「その障害を負ったことを自分で認識して、どんなふうに対応していくか、これから考えていけばいいんだよ」

病院の人たちや、昔からの仲間がそう教えてくれた。

ヤマダくんはじめ、仲間たちはリハビリ中のぼくを励ましに来てくれた。本当にひんぱんに。しかも、そのたくさんの友人たちが「患者の兄です」「弟です」「いとこです」などと親族を装って訪ねてくるので、後日、父がまとめて注意を受けたほどだった。

自分に何があったのか、事故前の自分がどんな人間だったか。それをようやく把握できるようになったのは、事故から二か月以上経った頃だった。

家族や仲間から聞いた話は、こうだ。

二十九歳の誕生日前日の四月一日。

ぼくはバイクで、事故を起こした。

買ったばかりの、ハーレーという大きなバイクに乗って走っていたが、バランスを崩して電柱に顔面からぶつかり、顔面骨折、出血多量で心肺停止状態になった。

たまたま後ろを走っていた住宅会社の営業職の男性が、すぐに一一九番通報してくれたうえに、交通整理までしてくれた。

そのおかげですぐに救急車が来てくれて、追突事故などにも遭わずに済んだ。

ただ、緊急搬送はされても、病院側もすぐに手術できる状態ではなかった。

理由は、けがの状態がひどすぎたから。

実際、はじめのうちは、家族も「手の施しようがない」と告げられていた。

そこに食い下がったのが、義理のお母さん、サトウさんだった。

看護師であるサトウさんが奔走して、手術してくれる病院を探し出し、ドクターヘリの手配をしてくれていなかったら、ぼくは今、この世にいなかっただろう。

ヘリで搬送してもらう際、サトウさんは一緒に搭乗までしてくれた。

やっと手術できる病院に着いたものの、脳外科の先生はこう言ったそうだ。

「左脳の前頭葉部分がつぶれているような状態です。万に一つ生きながらえても、目を開けることはなく、一生植物状態ですよ」

それを聞いてもなお、サトウさんは、

「かまいません。私が一生、この子の面倒を見ます。手術してください！」

そう言いきって、手術を頼み込んでくれた。

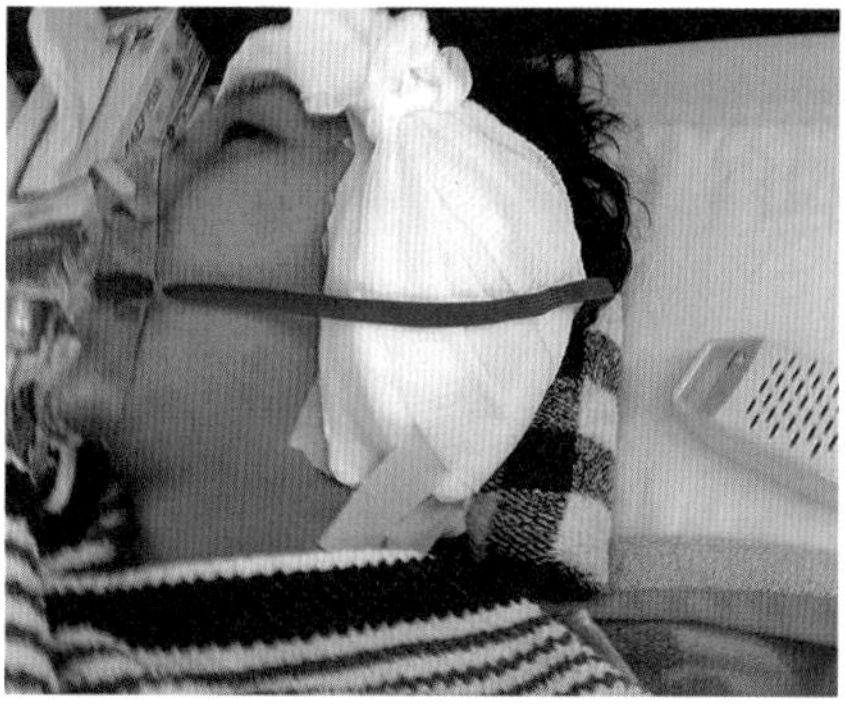
手術後、まだ日が浅い頃

手術は、何時間もかかった。

頭の骨が割れ、肺に穴があき、出血が止まらない。

そんななか、お父さん、おばあちゃんが救急救命室に到着。

サトウさんは二人に、状況をわかりやすく説明した。ぼくがもう二度と目を開くことはないかもしれない、ということも含めて。

お父さん、おばあちゃんは涙を流しながらも、事故の状況、ぼくの状態を理解した。

その後、弟や仲間たちも駆けつけてくれて、父親がその都度、ぼくの状態を説明した。


そうだったのか。

だからあのとき、

「早く元気になれよ。待ってるからな」

「またぜったい遊ぼうな！」

みんな、耳元でそんなコトバをかけてくれたのか。

「兄ちゃん、頼むから起きてくれ」

そう言ってくれたのは、あれは弟のケンジだったんだ。

「兄ちゃん、おれは、兄ちゃんみたいにちゃんと長男をやれないよ。だから、頼むから起きてくれ」

ケンジは、そう何度も声をかけてくれていたらしい。
それが全部、向こうの世界で聞こえていた。
だから、帰ってこられた。
いろいろなことを理解すればするほど、うれしく、感謝しかない。

思い通りに動かない体。
思い通りに言葉が出ない口。

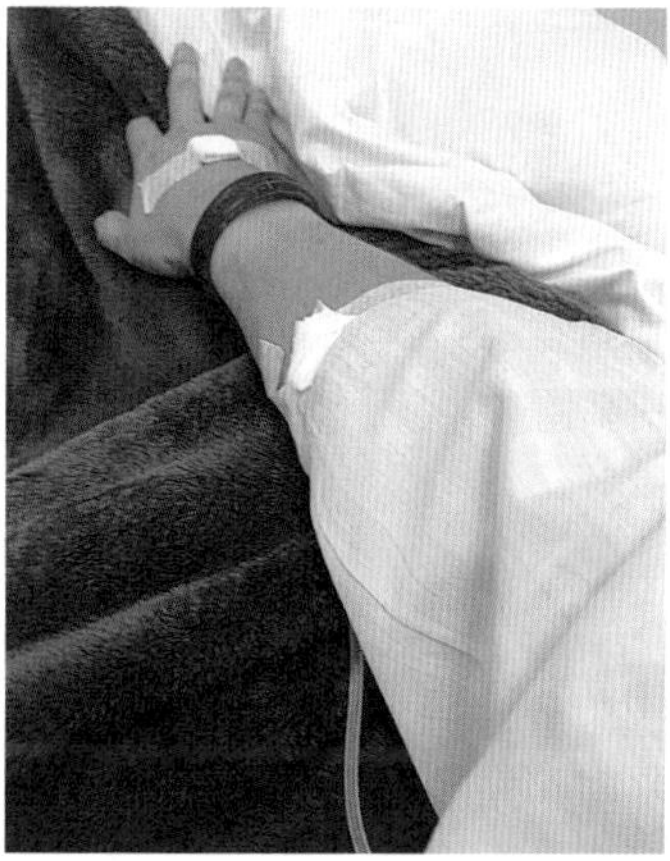

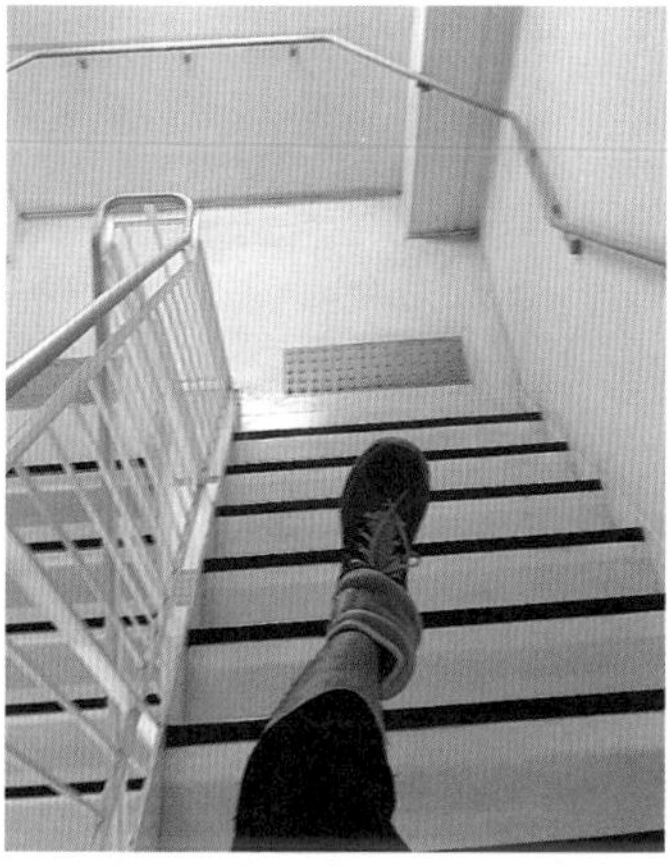

リハビリをがんばっていると友人に伝えたくて、自分で撮った写真。足にはおもりをつけていた

思い通りに覚えられない頭。

毎日毎日、つらい。

けど、たくさんの仲間が待ってくれている。

負けない。

こんな状況に、ぜったい負けない。

決して楽じゃないけど、がんばるんだ。


毎日、悔しくて悔しくて、時間を惜しんでリハビリに励んだ。

車いすから立つのにも、訓練が必要だった。

立てるようになったら、次は手すりにつかまり、歩く訓練。

歩く動作ができるようになってからは、日中のリハビリのほかに、消灯時間のあともこっそり歩行訓練をした。車いすで階段まで行って、杖をたよりに階段の上り下りを繰り返し、筋肉を戻していった。

言われたこと、言ったこと、今日やったことをノートに記録しておき、時間をおいてから思い出してみるという記憶力のリハビリもした。

うまくしゃべれないから、モデルをしていたときに発声練習に使っていたノートを引っ張り出してきてもらった。それも役立った。

ちょっとずつ前進しながら、心の中では常にとなえ続けた。

「負けないぞ」

29歳の誕生日のサプライズにと、仲間たちが準備してくれていた鶴。病室に飾ることになるとは誰も思わなかった

三　お父さんが、泣いた

手術を受けた病院は、三か月ほどで退院することになった。

病院でのリハビリで、記憶や言語、それに体の機能は、少しずつ、少しずつではあったけど、事故直後は誰も予想しなかったレベルまで回復していた。

ただ、右目の視力と左耳の聴力は戻ることがなく、ほかの心身の機能もまだまだ回復途上だったから、専門病院に転院してリハビリを続けることにした。

転院するのには何か月と待つこともあるそうだが、ここでもサトウさんが奔走してくれたおかげで、中二日ほどで移れるという。

その二日の間に、どこか行きたいところがあるか？と聞かれたから、ぼくは、おじいちゃんのお墓参りに行きたい、と言った。

「おじいちゃんが、三途の川でぼくを追い返してくれたんだ」

あとでサトウさんに聞いてみると、あのとき見た白い花は、蓮の花だったようだ。

おじいちゃんのお墓まで連れていってもらい、線香をあげ、手を合わせようとして気づいた。

おじいちゃんが、にっこり笑って墓石に腰かけている。

あのときと同じスーツ姿で。

「あれっ？　おじいちゃん？」

お父さんたちを振り返ってもう一度お墓を見ると、おじいちゃんは、すうっと消えていった。

線香の煙だけが、まっすぐ上がっている。

おじいちゃん、見ていてくれたんだな。

そう思ったら、涙が流れた。


その夜は、焼き肉を食べに連れていってもらった。

お父さんとサトウさん、いとこの姉弟二人も来てくれた。

みんなでテーブルを囲んだ直後、ぼくは気づいた。

お父さんの、白髪やシワに。

もともと、お父さんの髪は真っ黒だったのだ。

「ぼくの事故のせいで、心配でこうなっちゃったのか……」

ハッとしたぼくに気づいたのか、お父さんはしんみり泣き始めた。

「自分の息子が、自分より先に死ぬかもしれないなんて、そんな親の気持ちがわかるか？」

言葉に詰まってしまった。

申し訳なさと、今生きていることのありがたさに、胸がいっぱいになる。

「俺の葬式はおまえが出すんだからな！　俺より先に死ぬんじゃないぞ！　これだけは約束してくれ！」

お父さんは涙を流しながら、そう話した。

その場にいるみんな、しきりにまばたきしながら、何度もうなずいている。

生みのお母さんが出ていったあと、涙を流していたお父さん。

あれ以来、ぼくが見ているところで、お父さんが泣くことは一度もなかった。

——ぼくは、ひとりで生きているんじゃない。

いろいろな人に助けられて生きてきたと、頭では理解していたつもりだった。

でも、白髪のお父さんの涙に、あらためて思い知らされた。

ぼくの命は、ぼくだけのものじゃない。

お父さんのためにも、ぼくを助けてくれた人たちのためにも、今度こそ自分の体や命を大切にしたい。

そんなふうに思える一日を過ごさせてもらったんだ。

四　もう一度、美容師に

転院してすぐ、生みのお母さんが、再婚相手と一緒に見舞いに来てくれた。

事故のことは、割と早くにテルおじさんが知らせてくれていた。

「事故からすぐは、タッちゃんがどうかなってしまったらと思うと、怖くて怖くて会いに来られなくて……。ごめんね」

お母さんは、本当に申し訳なさそうにそう言った。


転院後、ぼくはますます真面目にリハビリに取り組んでいた。

そんなある日、事故前に勤めていた保険会社の所長が、病室へやってきた。

「見舞い」ではなく、「解雇の通知」に。

「すまないが、うちではもう雇い続けられなくて」という説明のために。

退院したら復職したい気持ちはあったけれど、自分でさえ、それがいつになるかわからない。

だから、頭では、ある程度理解はできた。

でも、その夜、あらためて思ったんだ。

高次脳機能障害と、片目失明、片耳の難聴。

身体機能のリハビリ自体、楽じゃない。

でも、必死にがんばっているのに。

事故はぼくの不注意からとはいえ、がんばっている自分なのに、なんでこんな目に……

みんな健康で幸せそうに暮らしているのに、ぼくだけ、苦労ばっかり……

リハビリで疲れた心に、解雇のダメージもあって、一度そんな考えがよぎると、いろいろなことが次から次によみがえってくる。

生みのお母さんと再会して許せたはずの昔のことも、心身が弱っていると、どうしても恨めしく思えてしまう。

「なんで、ぼくばっかり……」

そんな思いにとらわれて、つらくて悔しくて、スマートフォンを壁に投げつけてしまった。

その音に驚いた看護師さんが「どうしたんですか？」と駆け寄ってくる。

怒りより悲しみのほうが大きくなって、ぼくは看護師さんに身の上話をした。

いつかのヨシノおばあちゃんと同じように、ひたすらうなずいて聴いてくれた看護師さんは、ぼくの話を聴き終えると、こう言った。

「タツヤさん、本当に苦労してこられたんですね。その苦労にとらわれるんじゃなくて、その経験を使って、たくさんの人に元気や笑顔を与えてあげたら？

タツヤさんには、それができると思います」


その言葉に胸をつかれた。

高校生のとき、ファミレスの調理長に言った言葉。

「人を元気に、笑顔にしたいんです」

だったら美容師のほうが向いている、と言われて美容師になったぼく。

いろいろなことがあってそこから離れたけど、ぼくの原点はそこだった。

ヨシノおばあちゃんと出会えて、お母さんと再会できた。

たくさんの人に笑顔になってもらえた、美容師という仕事。

ふと周りを見た。

リハビリ病院の入院患者さんたちは、髪を切ってもらうこともなかなかかなわない。

理容師さんがたまにボランティアで来てくれることもあるけど、ボランティアだからと強く希望が言えなくて、髪型に満足できないままあきらめている、なんてこともあるようだった。

「この人たちにきれいになってもらいたい」

「けがや病気を治すことはできなくても、カットで笑顔になってもらうことなら、ぼくにもできる」

保険の仕事に戻れないのには、理由があるんだ。これはきっと、違うことを始めるためのきっかけなんだ。

そう思った。

思ったから行動することにした。

リハビリ専門病院に三か月入院したぼくは、さらに別のリハビリ施設に移った。じつを言うと、リハビリ専門病院を退院したらすぐにでも働きたいとぼくは思っていた。でも、主治医のニシカワ先生にその気持ちを伝えたら、先生は言った。

「タツヤさん、このあいだ、感情が激して抑えられなかったことがあったでしょう。言語処理をするときには、相手が発する言葉を受けとめて理解する『受信』、受信したことに対してどう行動するかなどの状況を判断する『処理』、そして処理した内容を相手に伝え返す『送信』、この三つの段階があるんです。このうち、タツヤさんは受信の機能はだいぶ戻ったようだけど、処理と送信はまだできないことが多くて、それも感情が激したりする原因の一つだと思うんですね。

つまり、もう少し、リハビリが必要なのではないですか」

先生の言葉に納得して、リハビリ施設に入所。

半年ほど過ぎた頃からは、週末に、一時帰宅できることになった。

月曜から金曜まで施設でリハビリに励み、土日は家で過ごす。

いよいよ、行動開始だ。

ぼくは週末を利用して、ホームヘルパー二級の講習を受けることにした。

その資格は、次の年度から分類や名称が変わってしまうため、そのときが取得できる最後のチャンスらしかった。

リハビリ病院や施設にいるほかの患者さん、それに記憶の中のひいおばあちゃん。ぼくが元気になって、介護の資格もとって成長して、伸びっぱなしだったみんなの髪を切ってきれいにしてあげたい。

そのために、チャレンジしてみよう。

土曜も日曜も、朝から夕方まで三十人ほどで講義を受ける。ときには実際の介護施設での講習もある。

自分自身がリハビリ中で、体の動きにも制限がある状態で受講していたから、周りの人たちから見ると、ぼくは謎の存在だったかもしれない。

事故の後遺症で、長い文章を読むのがつらかったり、がんばって読んでも覚えるのはもっと難題だったり。

講師から「大友くん、これ、このあいだも説明したよね?」などと言われるたびに、笑ってやりすごしながらも、内心では傷ついたりしていた。

それでもめげなかったのは、がんばろうと思える経験もしたからだ。

実地研修でうかがっていた介護施設でのことだ。

あるおばあちゃんが、ぼくのことを覚えてくれて、施設に行くたびに名前を呼んでくれるようになった。

どうしてぼくにだけ声をかけてくれるんだろう？

そう思っていたら、そのおばあちゃんが話してくれた。

「わたしは身寄りがいなくてね。

わたしが死んだあと、わたしのことをだれかと話してくれる人、覚えていてくれる人がいたらいいなあと思って。

タツヤさんは話しやすいから、つい、お話ししちゃった」

話しやすいと思ってもらえて、実際に、大事な気持ちを話してもらえる。

そんな人たちの存在を心の支えにしながら、半年間、週末の講習に通い続けた。

身体介護の実技を学ぶ段階で、どうしても体をうまく動かせないことがあった。

中学の野球部時代の仲間に話したら、こんなふうにやるといいんじゃないか？と動き方の手本を見せてくれ、一緒に動いてやり方を探ってくれた。

たくさんの人に支えてもらいながら、なんとか資格を取ることができたんだ。

五　再出発

一時帰宅ができるようになってから、ぼくは、事故後初めてはさみに触れてみた。美容師に戻りたい気持ちはあったけれど、それがいつなのか、そもそも戻れるのか……と、思い悩んだわけではなく、そのときは本当になにげなく触れてみただけ。なにかを期待していたわけじゃなかった。

でも、リングに指を入れた瞬間、当たり前のように「またできる」と感じた。シナプスがつながったみたいに、自分がしてきたことが一気に思い出されてくる感覚。

最初に髪を切らせてくれたのは、友達だった。

「すごい！　事故の前にも、こんな風に切ってもらったんだよなー」

なんでだか、友達のほうが泣いていた。

それからも何人か、友達の髪を切らせてもらった。怖いとか、不安とかいう気持ちよりも、きれいにしてあげられて、喜んでもらえてうれしいという気持ちのほうが強かった。

もっと喜ばせてあげたい、がんばるぞ、という気持ちが湧いてきたんだ。

あらためて、美容師として再出発したいと考えるようになったぼく。

リハビリ施設に移ってからは、施設内に理髪店があったけど、入所中の人たちはあまり利用していないようだった。

ぼくが美容院を始めて基盤をつくれば、そこから病院や施設へ訪問美容の仕事にも行けて、困っている人たちに笑顔になってもらえるんだけどな……

でも、しばらく現場から離れていたし、からだのこともあるしな……

自分の店を持ちたいといっても、頼れる相談相手もいないし……？

——いや。いる！

ヤマダくんがいるじゃないか！

美容学校入学時の自己紹介でドジをふんで以来、ずっと仲良しの同級生、ヤマダくん。

彼は、ぼくの入院中、カットをしにわざわざ病院まで来てくれたこともあったんだ。

自分にも、もっとできることがあるんじゃないかと思い、ヤマダくんに連絡した。

「よかったら、ぼくと一緒に美容院を開かない？」

「タッちゃんとだったら、うまくいくかもね！　それはやりたい！」

ヤマダくんは、そう言ってくれた。

さあ、そうなったら、そのためにやることがたくさん出てくるぞ。

美容院の場所は？

どんなふうな美容院にしよう？

ぼくは何より、バリアフリーのお店にしたい。

どんな人でも——具体的には、リハビリ初期の頃の自分でも——客として来店できるくらいの入りやすい店にしたい。

そんな夢を描いて、たくさんの仲間に相談した。話しているうちに、あんな感じにしたい、こんな感じにもしたいと、いろいろなアイディアがどんどん出てくる。

車いすで入れて、不自由なく動ける店内。

できるだけ楽に利用できるシャンプー台。

安心してからだを預けられる介助も必要だ。

トイレももちろんバリアフリーにして、必要なところにはすべて手すりをつけて……

ヤマダくん、昔からの仲間、さらには事故の少し前に親しくなったばかりの友達。みんなが次々に提案をくれたり、相談にのってくれたり。とても頼りになる。

思えば、事故から間もない頃、言葉のリハビリで一番助かったのが、仲間たちからの語りかけだった。

病院でも、パネルの絵を見て「これはなんですか?」「……りんご……」みたいな訓練はやってもらっていた。

でもそれ以上に効いたのは、しょっちゅう見舞いに来る仲間たちが、スマートフォンで写真を見せながら語りかけてくれる、昔の思い出話だった。

ゲームしたときや、スキーやスノボや旅行に行ったときの楽しさを思い出すうちに、どこかに隠れてしまっていた言葉がおもてに出てくるような感じだった。

ずっと仲良くやってきた、仲間たち。

事故後も変わりなく、つきあいを続けてくれている。

ただ、ぼくのなかでは、ひとつはっきり変化したことがあった。

それは、仲間に対して、自分の夢を口に出して語れるようになったことだ。

先々のことを話すことは前にもあったけど、それは、夢とは違った。

ぼくが語る夢の話を仲間が受け止めてくれるおかげで、ぼくは、「自分なんてダメだ」と思わずに済んでいた。

つらくて悲しくて、もう一ミリの希望もない、と思うようなときにも、ずっとずっと支え、励ましてくれる人たちがいる。

そのことを痛いほど実感したから、ぼくのなかで、何かが確実に変化したんだ。


リハビリ施設への入所期間が、タイムリミットとされる一年に近付きつつあった。

そんななかでも、仲間たちが協力してくれて、夢に向かってたくさんのアイディアを出し合い、少しずつ実現の道が見えてくる。

目標を立ててシミュレーションすることにより、自分が後遺症を持ちながらどんなふうに仕事をしていけばよいか、自己認識もできてくる。

病院でニシカワ先生に言われた、「受信・処理・送信」のうち「処理」と「送信」がうまくできていなかった状態も、介護研修でいろいろな人と接するうちに、気づけば改善を感じられるようになっていた。

その時が来た。
リハビリ施設を退所する日。
もう一度、動きだす日。
お世話になった先生や職員さんたち、患者さんたち、家族、仲間たち。
みんなの顔が、あらためて脳裏に浮かんでくる。感謝の気持ちも。

たくさん、つらい経験ができた。
たくさん、勉強できた。
そして、これからどう生きていくか、見つけることができた。
災難、苦難、困難があってこそ、今の自分と出会えた。
「難が有る」ということは、「有難い」ことだったのかもしれない。
これからまた、新たな世界を見てやるぞ。
そう決めたんだ。

第5章

心に、花を

一　理想のお店

一年半ぶりに、ぼくは実家に戻った。

お父さんやサトウさんは、たまに冗談めかして「今のタツヤ、事故の前のいろんな悪いものが全部出ていって、よみがえったみたい」と、笑いながら言ってくる。

本当に、あとから振り返れば、あの頃の自分はどこかおかしかったかもしれない。

どっちにしても、リセット、そしてリスタートだ。

美容院をオープンする準備は、着実に進んでいた。

まずは、店舗。バリアフリーのサロンにするには、ある程度の広さも必要だし、たとえば入り口の入りやすさなど、譲れない条件がいくつかある。

じつはぼくは、事故に遭う前、ある物件を借りる相談をしていた。

お店を開きたいという知人がいたので、自分がオーナーみたいな立ち位置で収入を得られないかな、という、やや安易な動機からの行動だった。

ぼくが事故に遭い、リハビリに取り組んでいるあいだ、その物件は想定外の事態に見舞われたこともあり、借り手が決まらないままだった。

立地や、広さ、間取りを考えても、ぼくが考える美容院にはぴったりな気がした。それでぼくはあらためて、その物件を借りることにした。そこで美容院を開き、自分が美容師として働いていこう、そう決めた。

いい物件のめどがついたら、次は開店資金だ。

物件を借りるための保証金や、内装費など、一度にたくさんお金がかかる。例の借金の件があり、ぼくはあと数年間、ローンを組めない。それで、少しだけ残っていた貯金や事故の保険金のほかは、全部、ヤマダくんの持ち出しということになった。

感謝という言葉では全然足りない。

でも、ただそのひと言しかない。

店舗が決まって、次はいよいよ工事だ。

だれに頼むべきか？

じつはぼくの頭の中には、思い定めている人がいた。

工事をお願いするのは、「ヒデさん」を置いてほかにいない！

ヒデさんは、ぼくの知り合いの、絵描きをしている先輩だ。

人脈が広くて、仲間を本当に大切にする、あたたかい人だ。

あの日、ぼくの事故現場の近くでたまたま仕事をしていたから、事故のこともよく知ってくれている。事故のことをＳＮＳで一番に仲間たちに知らせてくれた人でもある。

ヒデさんにさっそく連絡をすると、

「よくあの事故から復活したな。大したもんだよ。その工事はぜひおれにやらせてくれ！」

そう言って、翌日すぐに連絡をくれ、デザイン案を見せてくれた。

「こんな感じでどうかな？」

木目調で、カフェっぽくて、来店時の緊張をやわらげてくれる感じだし、何より、念願のバリアフリーだ。

「これで！　これでぜひよろしくお願いします！」

その返事で、美容院の内装工事が動きだした。

工事の間、ヤマダくんとぼくは、新規開店のビラを作って配ったり、カットやカラーの勉強を重ねたりと、あわただしく準備を進めた。

勉強するため、訪問美容の講習会にも参加した。厚生労働省が後援している「ハートフル美容師」の養成研修では、これから高齢化していく社会でバリアフリーなサロンや訪問美容がいかに大切になっていくか、あらためて学ぶことができた。

リハビリも、施設に通うかたちで続けていた。

でも、お店のオープンが近いとなると、正直、手先が事故前のようには動かせていない気がしてきて焦る。

カットの練習では、自分の手を切ってしまうこともあった。

もちろん、右目は見えないままだ。

さらに心配だったのが、とても疲れやすかったこと。一日の終わりになると、毎日もうぐったりで、我ながら先が心配になった。

そして、当時は自覚がなかったけど、準備を進めている最中、ぼくは同じ話を何度か繰り返すことが時々あったらしい。

そんな、もろもろ不安な状態のぼくを、ヤマダくんがずっとサポートしてくれていた。

工事も、日に日に進んでいく。

完了したのは、施設退所から半年経った頃。

ナチュラルで、あたたかみのある内装の、おしゃれな美容院ができあがった。

二〇一四年四月二十日、いよいよオープン。

店名は、「Ａｒｔ《アート》　ｔｈｅ《ザ》　ｇａｒｄｅｎ《ガーデン》」だ。

念願の美容院

この店名は、ある人から受けた「こんな条件の店名がいい」というアドバイスにしたがって、ヤマダくんと二人で一生懸命考えたものだ。

その「ある人」とは、事故の前にぼくを占ってくれて、ぼくの未来を言い当てていた人。その人が、未来がひらける名前の条件を挙げてくれたから、そのアドバイスにしたがわない選択はなかった。

ＳＮＳで「バリアフリーのサロンをオープンします！」と

告知すると、オープン早々、びっくりするくらいたくさんのお客さまが来てくれた。パンフレットを配るなど、仲間がギリギリまで、総出で準備を手伝ってくれたおかげだった。

オールフラットになるシャンプー台を導入していたので、首に障害をもつ方や腰痛のある方も来店し、喜んでくださった。

訪問美容の依頼もさっそくいただいた。第一号は、六十代のバイク仲間からで、奥さんの髪を切ってほしいという依頼だった。

二　ボランティアへ

こうしてぼくは、美容師の仕事で再スタートを切ることができた。

ただ、相変わらず同じ話を繰り返してしまうこともあったりして、ニシカワ先生に言われた「送信」に関しては、この頃はまだ事故前のレベルに戻れるか不安は残っていた。

でもその代わりなのか、以前よりも、対話する相手の表情から気持ちを察することができるようになった、とも感じていた。

オープンしたばかりの頃には、長さを切るはさみと梳きばさみを間違えて、梳くつもりがばっさり切ってしまうミスをしたこともある。このときはさすがに申し訳なくて、ヘコんだ。

施術の最中に、脱力発作が起こることもあった。疲れがたまると、右半身がしびれたようになって、動きが悪くなる。

事情を説明して、お詫びするぼくを、

「ゆっくりでいいんですよ」

「また今度でもいいんだよ」

お客さまは、そう言って受け止めてくださった。


そんなふうに、お客さまにも、そしてスタッフにも恵まれて、毎日バタバタ忙しく時が流れた。


あっという間に二年ほどが過ぎたある日のことだ。

熊本県出身のお客さまで、お店をとても気に入ってくれているヨシカワさんという女性から、こんなお話を聞いた。

――熊本地震で祖父が被災して亡くなり、自宅跡から日記が見つかった。

地震の前日、孫含め親族がたくさん遊びに来たときのことを、こう書いていた。

「今日は笑顔がとてもたくさん見られて、いい日だった。明日もがんばろう」

家族はみんな、最後がいい日だったならよかったよね、そう言い合った。

それでも、亡くなったことはもちろんみんな悲しい。被災した家の復旧作業だってたいへんだ。ヨシカワさんはすぐにでも千葉から熊本へ帰りたいが、子どもがいることもあり、すぐには行けなくて歯がゆい――とのことだった。

そこでぼくは考えて、ヨシカワさんに伝えた。

「募金箱を美容院に設置して、集まった募金でぼくが避難所に行きます！　行って、ボランティアカットしてきます」

するとヨシカワさんは、すぐに募金箱を作って持ってきてくれた。

たくさんの人にこのことを知ってほしくて、ぼくはＳＮＳに投稿し、募金に協力をしてくれるよう呼びかけた。

そうしたら、たくさんの人が、応援したいと美容院に駆けつけてくれた。

募金だけでなく、ぼくと握手して「たくさんの困っている人のため、がんばってきてください」と言ってくれる人。また、被災した方たちのことを思い、洋服や小物類を寄付してくれる人。

想像した以上にたくさんの人が応援してくれるので、感動して涙まで出てきてしまった。

みんな、いい人だなって。

だから、この縁を、ぼくがつなげなきゃいけない。

その架け橋に、ぼくがなるんだ。

たくさんの物資や募金が届き、ボランティアに行く日がどんどん近づいてくる。
活動に向けて、やる気や緊張、責任感など、ぼくの気持ちもかなり高揚していた。
ぼくは、なによりもまず体調を万全に整えるよう気をつけた。
出発する前日にはヨシカワさんが美容院に来てくれた。
「家族だけでなく、熊本のみんなを、どうぞよろしくお願いします」
そう言ってもらい、ますます「がんばるぞ！」と気持ちが固まった。

さあ、出発だ。
飛行機で熊本空港へ。空港から避難所までは、レンタカーで向かう。
道中には、今までに見たことのないような景色が広がる。
橋が落ちていたり、道路が陥没していたり、

地震のあと。言葉を失うような景色があちこちに広がっていた

山の林の木々がぐちゃぐちゃに傾いていたり。

これは被災者の方々、大丈夫じゃないよな……

体だけじゃなく、精神的な部分でもダメージが大きいだろうな……

そんなことを考えながら、西原村の中学校の体育館に開設された避難所に到着して、ヨシカワさんの妹さんとお会いした。

つらかったろうな……

痛かっただろうな……

いろいろなことを考えながら、ご挨拶をした。

すると妹さんは、元気よく、笑顔で迎えてくださった。

「よく来てくれました。お待ちしていました。

いつも姉がお世話になっています。どうぞよろしくお願いします」

被災して体育館にいる方々も、笑顔で迎えてくれた。

その中のひとり、短髪で体つきのいい男性に話しかけた。

「今回の地震の被害、たいへんだったのでは……」

そうすると、その男性はこう答えてくれた。

「地震のあった日は、忙しくて、仕事場に泊まっていたんだよね。

自宅のアパートには、結婚したばかりの嫁がいて。
嫁は被災して、亡くなってしまって。
お腹には子どもがいてね。
あの日、自分が家に帰っていたら……とか、いろいろ考えてしまって。
自殺まで考えた。
けど、それをしたら、嫁はなんて思うかな？
そう考えたら、自分が死ぬのは違うな、と思ってさ。
あっちの世界から見たら、こんなふうに生きてるのってダメだよな、と思って。
それで、こうやって、今を生きることを選んだんだよね」

それを聞いたぼくは、なんて答えたらいいか、わからなかった。
悲しい、つらい、死にたい……
そんな気持ちでいながらも、同時に、それじゃダメだって思える強さ……
この人みたいな強さを、ぼくは持てるだろうか。

ぼくも、自分を大切に思ってくれた人たちを亡くしている。

もちろんそのときも、悲しくて悲しくてたまらなかった。

でも、この人は、自分が大事に思い、これからも大切にしていこうとしていた相手を、失ってしまったんだ。

同じ経験をしたら、ぼくはこの人のように、生きることを選べるだろうか。

この人みたいな強さを、持てるだろうか？

いろいろな感情があふれて、無言でその男性と握手することしかできなかった。

三　「わたし、美容師さんになりたい」

被災した人たちに笑顔になってもらうため、ぼくはボランティアに来たはずだった。

頭が別のことでいっぱいになりそうだけど、最初の目的を思い出して、ぼくは気合いを入れ直した。

さあ、始めるぞ。

避難所の体育館の舞台のほうへ案内してもらい、マイクを持って、ボランティアカットについてお知らせする。

体育館の中には、小さい子どもたちやお年寄りが多く目立つ。そのわけを先ほどの男性に聞いてみると、若い人はボランティアや仕事などに出かけているため今はいないとのこと。

カットを希望する人には、紙に名前を書いてもらえるようお願いする。

まず子どもたちが集まり、やがてお年寄りの方のお名前もどんどん増えていく。

その場にいる方がみんなとてもよくしてくれて、なかには手伝ってくださる方までいる。カットするときに使う椅子を運んでくれたり、霧吹きに使うための水を準備してくれたり。なかには自宅から鏡を持ってきてくださった方もいた。

カットを希望する方のなかには、足が不自由な方もおられたが、周りの方がさっと手助けしてくれる。

まるで、「思いやり」という言葉がかたちになって、その場にあふれているようにぼくには見えた。

みんなのおかげで、カットは順調にスタートした。

小学生の女の子が、ぼくにこう話してくれた。

「わたしね、大きくなったら美容師さんになりたい。わたしもね、こうやっておばあちゃんの髪を切ってあげたい」

ぼくは聞いた。

「お母さんじゃなくて、おばあちゃんなの？　なんで？」

すると、女の子は答えた。

「おばあちゃんはね、いつもわたしの髪を結んでかわいくしてくれ

足に髪の毛が付着しても払いやすいよう、裸足でカットにのぞむ

るんだよ。だからね、今度はわたしがおばあちゃんをかわいくしてあげたいんだ。だから美容師さんになりたいの。それでね、お兄ちゃんみたいにたくさんの人の髪をかわいくしてあげたいなって思ったんだ」


ぼくはその女の子の言葉を聞いて、なんだかいろいろなことを考えた。

人を想う、思いやり。

その思いやりが、人を強く優しくする。

そのことの大切さ。

テレビをつけてニュースを見れば、人をいじめて自殺にまで追い込んでしまう若い人たち、暴力をふるって人を傷つける人たち、罵り合い、悪口ばかり言う人たち……

それでいいのかな。

それとも、もしかしたら、自分もなにかつらいことがあって他人につらくあたってしまったのかな。

今、いじめたり、誰かを傷つけたりしている人に、知ってほしい。

それぞれがとてもつらい思いをしながらも、いや、つらいからこそ、思いやり合ってともに過ごしている人たちがいるんだ、ということを。

一生懸命に自分以外のだれかのことを想い、手と手をつなぎ合って協力し合う人たちが、こんなにいるんだ、ということを。


ボランティアカットで、たくさんの方の髪を切った。

たくさんの方の話を聞いた。

ぼくが元気をあげなきゃと思って、勢いこんで熊本までやってきたけど、そこにいるみんなは、生きようと一生懸命で、一人ひとりがキラキラ輝いていた。

生きていくための強さ、優しさを、ぼくのほうが逆に教えてもらった。

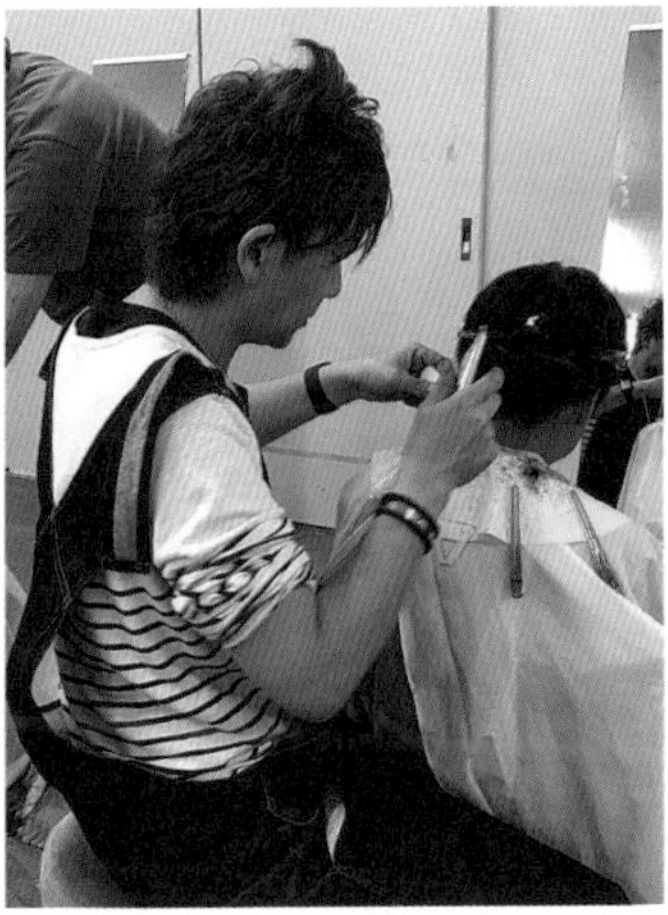
熊本に始まり、その後もあちこちでボランティアカットをさせてもらっています

四　笑顔のために

ボランティアを終えて店に戻ると、ある日、新規の女性のお客さまが来店された。自分の事故経験から店をバリアフリーにした経緯を話したら、その方は涙を流して話してくれた。

「じつはわたしの甥っ子も、十八歳で同じように事故に遭って。今、車椅子で暮らしてるんです。いつか、甥っ子を連れて一緒にお店に来ますね」

後日ぼくのことを聞いた甥っ子くんは、ぼくを目標にしてリハビリをがんばる、そう言ってくれたらしい。

そしてその後ずいぶん歩けるようになって、いつか介護士になりたい、という夢ももつようになり、「夢に向かってがんばります！」と言付けてくれた。

ひとがもてる強さや優しさを、熊本であらためて知ったぼく。そんなぼくが、夢や目標をもつことの大切さを伝えられて、笑顔がひとつ増えたのなら、とてもうれしい。

生んでくれたお父さんとお母さん。

ずっと支えてくれたひいおばあちゃん。

育ててくれた父方のおじいちゃんとおばあちゃん。

実の母のように愛してくれた義理のお母さん、サトウさん。

レストランの調理長や先輩。学校や美容院での出会い。

今でも孫のようにかわいがってくれるヨシノおばあちゃん。

事故のときに助けてくれた救急隊員さんや、手術してくれたお医者さん、看護師さん、スタッフさん。

本当にたくさんの人に助けられて、ぼくはここにいる。


振り返ると、なかなか起伏の激しい半生だった。

親が出ていくとか、いじめとか、事故とか、たくさんの困難、災難、苦難があって、一歩間違えば境遇に負けていじけてしまってもおかしくなかった。

非行に走ったり、もっと取り返しのつかないような生き方を選んだりした可能性もあった。

でも、そうならなかったのは、ずっと、心に花が咲いていたから。

ぼくを助けてくれたたくさんの人の思いやりが、ぼくの心に花を咲かせてくれていたんだ。

だから、こうしてつながっている命を大切にして、大切な人たちの笑顔のために、そしてまだ見ぬ誰かの笑顔のために、今日もぼくははさみを握る。

「この世の中、捨てたもんじゃないよ！

だからぼくも、こうして笑っていられるんだ」

そう伝えて、心の花を分けてあげられたらいいなと思う。

おわりに

ボランティアカットで熊本を訪れてから、約七年が経ちました。

この間、美容院の二号店「Art《アート》 the《ザ》 line《ライン》」を出したり、そうかと思えば新型ウイルスが大流行したり、同じ時期に体調が悪くて手術したもののよくならず、再検査したらわりとたいへんな病気とわかって入院したり、相変わらずいろいろなことがありました。

でも、そんななかでも、家族やたくさんの仲間が支えてくれています。

いつも支えられてきたぼくだけど、この間には、仲間が大きな苦難に見舞われ、なんとか寄り添いたいと思ったできごともありました。

また、別の仲間を、寄り添う間もなく失う悲しみも経験しました。

ぼくの心のなかには、育ててくれたおじいちゃんの教えが刻み込まれています。

「あのな、ひとの悪口言うのはよ、天につばを吐くのと同じなんだぞ」と。

コロナ禍による負の循環で、愚痴や、他人へのねたみ、やっかみを聞く機会も増えましたが、「明日は我が身」、自分がしたことは自分に返ってくると忘れず生きていきたいです。


ロシアのウクライナ侵攻が起こって、「心に咲く花」について考えています。

ぼくが命を救われたのは、いろいろな人のおかげ。

今、ぼくはその恩返しをするために生きているから、ＳＮＳでウクライナ支援を呼びかけました。

支援の輪はひろがり、日本に避難してきたウクライナ人の男の子二人を、日本にいる間、親子のように大切に、思いやりを持ってボランティア活動していこうと決めました。

ボランティアの通訳を通して話をするのですが、ひとりの男の子は、地下シェルターから日本にやってきた、と言いました。おじいちゃん、おばあちゃんは行方不明になり、両親と地下シェルターでの三人暮らし。お前だけは生きてほしいと両親に説得され、泣く泣くひとり日本にやってきたそうです。

その日は、その子の十六歳の誕生日。ぼくの知り合いの、地元で昔から有名なケーキ屋さんが、誕生日と聞いてバースデーケーキを届けてくれました。カットとシャンプーをすると気持ちがよかったらしく、日本の美容院はすごい、と喜んでくれました。

その笑顔を見て、スタッフのみんなは涙を流していました。

ぼくも泣きそうになりながら、ささやかだけど心に咲く花がまたひとつつながった、とうれしくなりました。

「平和な日本」「平和な世界」なんてよく言うけれど、それはきっと、こういう花をつないで行った先に実現するものなんじゃないか、と思います。

日本の美容院を気に入ってくれた、ウクライナの方たち

よその芝生が、畑が、すごくよく見えるから奪ってしまえ、そうやって戦争が始まって、どれだけの血と涙が流れたか……
他人を悪く言うより、思いやることを考えたいんです。

思いやりが届いてひとの笑顔が見れたとき、自分もほっこりしていい気持ちになれるんです。

今ぼくは、たくさんのお客さまに恵まれて過ごしています。

美容師に戻った当初はミスも多かったのですが、今ではお客さまに似合うスタイルをどんどん提案しています。マッサージの技術も身につけました。「予約がとれなくて困るよー」という声を受けて、美容院の三号店を出したいと思い、準備しているところです。

以前は開店資金のためのローンも組めませんでしたが、今ではようやく審査も通るようになりました。

事故の後、今も診てもらっているニシカワ先生は、会うたびに「大友さんの回復の速さは異例すぎる。あんなにたいへんな状態だったのに、いまや社長になってるんだから本当にすごい」などと言ってくれます。ぼくが自分の経験を本にしたいと話すと、診察のたびに楽しみにしていると伝えてくれます。

ここまで来ることができたのは、たくさんのひとたちが支えてくれたおかげです。

読んでくださった方にも、いろいろなつらいことがあると思います。

でも、つらい毎日の中にも、心に花が咲く瞬間があってほしいと願います。

そしてそんな瞬間があれば、今度は、あなたの心に咲いた優しい花を、周りの人に分けてあげてほしいです。


今日もぼくは人のことを想い、「思いやり」を届けていけるよう、生きています。

ひとりでも多くの人が、笑顔になれるように。

みんなのいい笑顔があふれる世の中になるように。

「ひいおばあちゃん。今日もたくさんの笑顔の花が咲いたよ！」

二〇二三年二月吉日
大友　竜也

■著者略歴

大友　竜也（おおとも・たつや）

1983年千葉県生まれ。美容専門学校を卒業後、千葉県内のヘアサロンに就職。スカウトによりモデルに転身するも、モデル事務所社長のトラブルに巻き込まれ、再び転職。友人の紹介で保険の営業職に就き、社長杯はじめ複数の表彰を受ける。その後購入した大型バイクで事故に遭い心肺停止に。一命はとりとめたもののさまざまな後遺症が残るが、リハビリを経て美容院2店を開業。現在は美容師・エステティシャンとして店に立ちつつ、さまざまなボランティア活動にも取り組んでいる。

おばあちゃんとぼく
―心に花は咲いていますか

二〇二三年三月二十一日　第一刷発行

著　者　大友竜也
発行者　川畑善博
発行所　株式会社　ラグーナ出版
〒八九二－〇八四七
鹿児島市西千石町三－二六－三F
電　話　〇九九－二一九－九七五〇
FAX　〇九九－二一九－九七〇一
URL https://lagunapublishing.co.jp
e-mail info@lagunapublishing.co.jp

装丁　栫　陽子
印刷・製本　シナノ書籍印刷株式会社
定価はカバーに表示しています
乱丁・落丁はお取り替えします
ISBN978-4-910372-28-0　C0093

活字で利用できない方のための
テキストデータ請求券
『おばあちゃんとぼく』
ラグーナ出版